AF397429

L.G. WHITE

KÉTSÉGEK KUDARCA
ELSŐ RÉSZ

novum pro

© 2024 novum publishing

ISBN 978-3-99146-553-9
Lektor: Sósné Karácsonyi Mária
Borítókép: Fehér L. Géza
Borító, tördelés & nyomda:
novum publishing

www.novumpublishing.hu

„A lelkem van benne”

Bevezetés

Mennyi méltóság van benned, amit cipelned kell? A méltóságod. Ami motivál napról napra arra, hogy képes legyél felkelni. Újra csodát remélni, tündérek csókját várni, vagy azok mosolyában megfürödni. Kacajukban megmártózni. Megrázni magad, hogy még mindig élsz. Lerázni a tegnapi fájdalom könnycseppjeit feszes szárnyaidról, évek tollaiból, melyek pihékből serkentek születésedtől, hogy megerősödve a magasban tartsanak. Emeljenek mind magasabbra, míg a szivárvány minden színét meg nem ismered. Ott, a magasban, ahová szárnyaid emeltek. Ahol a világot nem látod, hanem érzed. Ahol a ragyogás nem tűzijáték vagy villanás. Átitatott valóság, öröm és boldogság. Méltóságteljes beteljesedés... a benned lévő vibrálás sokasága, annak ezernyi harmóniája. Hisz' te alkottad, építetted a reményteli szándékot, mi szerint élni akarok.

ELSŐ FEJEZET

Angyalok kegyeltjei

Itt felejtettek. Nem kéne itt lennem. Közösségben nevelődtem, szocializálódtam, nem választott idegenek között. Mostohák között. Aztán közösségben hirdettem, amit idegen közösségtől tanultam meg a hosszú évek során. Idegenektől idegenek kezébe adva azt. Nem a tudást. A lexikális tudást, melyet iskolákban sajátítasz el. Nem tudás volt, hanem bölcsesség. Ajándék, avagy büntetés… Kétségtelen hogy az élet tervezett velem, hisz' meghalni nem hagyott, bár próbált megölni megannyiszor. Így itt maradtam. Még nem végzett ki. Még nem teljesen. Nem azért, mert erős vagyok, hanem azért, mert a méltóságom az. Megpróbált százszor, és én megfeleltem ezerszer. Így feladatot bízott rám. Azt, hogy mindezek okán írjam meg a könyvet. Ezt úgy kérte az élet, hogy előtte kihívások elé állított. Elvett tőlem mindent. Amiről írok, az nem lehet fikció. Arról, amiről írok, azt át kellett élnem. Keresnem kellett a fájdalmat, hogy azt átélve hitelesen adhassam vissza mindazt, amin keresztül kellett, hogy menjek. Mesés, de amíg kerestem azt a bizonyos fájdalmat, az idő előtt rám talált. Így nem volt már mit keresnem. Hittem, belevágtam, hogy átéljem a nehézségeit emberi sorsoknak. „Belebújtam a bőrükbe", hogy hitelesen adjam vissza a tapasztalatot. Kaptam nevet, de az elkopott az évek során. Kódom van csupán. LGW. A szerzőmtől, aki a kezembe adta a tollat. A mesés gondolatvarázslóm. A tudatalatti énem. Egyfajta alteregóm. Large Genius Doublejú. LGW. Így kódolt engem. Ezt a nevet adta nekem: Large Genius Doublejú. Ártatlan hiábavalóságból cseppentem százszorszép reményekbe, mikor szembesülnöm kellett az angyalok, kiváltságosok életvitelével. Amikor behunytam a szemem, halottam őket. Amikor a fülem befogtam, láttam őket. Álmodtam. Őszintén. De élnem kellett velük. Akkor bizony kiderült, soha nem lehetek közöttük, mert ők egymás között sincsenek, csak léteznek egymással. Mi keresnivalóm lenne ott, ahol sohasem voltam? Hát semmi. Önmagam csupán. Azt viszont nem ott fogom megtalálni. Ott ordított a kontraszt. Mégis lelkünk rajta.

Idegen világ volt az övék, és nekik is az enyém. Az enyém üres volt. Az övék teljes. A hölgy az angyalok között nőtt fel, hiányt nem szenvedve. Azt hazudta nekem:

– Gyere be. Feltétel nélküli szeretetben lesz részed.

Akkor azt hittem, talán a fele igaz. Semmi sem volt igaz. Az igazság így utólag, minden kétséget kizárva, kétségtelenül: nem is létezett. Nem véletlen kételkedtem kissé. Időközben a tudatalatti énem megalkotott bennem valamit az idő alatt, míg életszerűen éltem az életem a maga emberi valóságában. Mégpedig íróját annak, amit kitalált. L.G. Whitelord néven megvalósítani azt, amit folyamatosan mélyített bennem. White, mint fehér. Ez lett a közös nevünk. A valóság én voltam, ő a motiválóm. A gondolatvarázslóm. Nem vettem komolyan, így, ahogy említettem, éltem a hétköznapi valóságomat. Szóval ez a hölgy feltétel nélküli szeretetben részesített, amit elhittem. Addigi életét a méltóság tette édessé. Angyalok pihe-puha tollai óvták a világ sanyargatásaitól. Őt akkor ez nem érdekelte, hanem megpróbálta az ígéretet, melyet az angyalok súgtak a fülébe nap mint nap. Elengedni a kényelmet, és nehézségekben utat törni a valóságba, közösen megalkotva azt a valóságot. Lecserélte kényelmét, hogy egység szülessen. Megértésben, hasznos célkitűzéssel a beteljesedésre vágyva. Azt közös munkával megalkotva. Lemondva mindarról, amit addigi élete adott neki. Elengedte azt, és új életre készült. Mi lehet képes erre, ha nem az őszinte szeretet?

A lány, aki szeretni vágyott. Semmit nem kért cserébe, csak törődést. Ez sok lemondással járt. Amíg ezeken a dolgokon elmélkedtem, egyszer azon kaptam magam, hogy a tudatalatti gondolatvarázslóm folytatja a történetet, így mesélve azt.

Egy télen LGW a lányhoz sietett, amikor őt a hó több napra odaszorította egy Kincsesbánya nevű településre. A fiú elindult a havasokból, hogy mielőbb találkozhasson a lánnyal. A lány reszketve állt a Napsugár motel előtt, mikor LGW odaért hajnalban, a fagyos tél közepette. A pillanat ragyogása, a jövőkép szellemisége velük volt. A kis, kulcsos szoba menedéket adott a kibontakozásnak. Mindketten elcsigázottak és fáradtak voltak, de ott nézték egymás tekintetét a pillanat varázsában. A lány megkérdezte:

– Mit szeretnél?

– Beszélgetni – mondta a fiú.

– Miről? De igazán, mit szeretnél?

– Simogasd meg a hátamat, kérlek.

A lány simogatni kezdte a fiú hátát, aki hosszú kilométerek után fáradtan hasalt. Egy idő után megszólalt:

– A hátamat, ne a pulcsimat.

A lány szégyen ide, szégyen oda, kecses tenyerét belopta a fiú pulcsija alá, és annak bársonyos hátát simogatta körmeivel. És ennyi volt, de minden benne volt. Sokáig. Tizennyolc éven keresztül. Felemelően közös harc, nevetéstől zokogásig.

LGW teremtője vagyok, a tudatalatti énje. A családja is egyben, hisz' senkije sem volt. Csak ezt a lányt kapta ajándékba, aki számára mindent hiány pótolhatott. Minden veszteséget. És ők elkötelezetten, kétségek nélkül alkotni akartak egy közös életet. Nem avatkozhattam bele, csak láttam, hogy szép és szeretetteljes. Akkor még nem tudtam, hogy LGW a tudatos és mily' módon szenvedi végig a közös utunkat arra, hogy elérje az L.G. Whitelord – LGW rangot. Szurkoltam neki és választott kedvesének. Bizony kizártam minden kétséget, hogy kudarcot vall. Meg kell tanulnia, hogy éli túl a kihívásokat, annak megpróbáltatásait hogyan fordítsa saját javára. Nem aggódtam, hiszen már nincs egyedül. A lány, az a kedves, vidám lány mellette van. Mi baj lehet akkor?

A veszteségek eltörpülnek az angyalok csókjainak megannyi ígérete mellett. Felelős vagyok érte, odafigyelek rá, és ha eljön az idő, meg fogom védeni. Az egységünket, mely oly sok mindenben közös véleményen van.

A férfi tele van vággyal, szándékkal. Így jött a világra. A megvalósítás a génjeibe van kódolva. Motivációja a nő. Megismételhetetlen személyiség mindkettő. Nincs cél elérni való, hacsak nincs motiváció. A nő gondolata. Hogy értelme legyen felkelni, hogy kiteljesedjen a harmónia. A pillanatban az örökkévalóság a földi mennyország, mert ott van, és fogja a kezeidet este. Miután megvívtad napi harcaidat, letörli homlokodról a kétségeket. A nő, aki szeret. Aki elengedett, hazavár és tovább szeret. A nő, aki elengedett. Aki veled volt egész nap. A nő, aki komolyan veszi az életét. Nem tétovázik, nem lenge jellem. Gyengéje az erőssége. Hogy „úgy szeretlek ma is, mint ahogy tegnap elengedtelek". Veled van. Így céltudatos. Akinek a szappanopera még nem mosta gondolatait szivárványosra. Kívánom, legyen része mindenkinek a harmóniában. Létezik.

A lány elkötelezte magát, hogy LGW kibontakozhasson mellette. A fiú egy kedves virágot is kapott, cserépben. Így köszönte meg a lánynak:

– Hoztad. Vigyázok rájuk. Szépek lesznek. Bíznak bennem, ahogy én benned. Ígértél, s én megértettelek. Láttalak téged. Hittel, odafigyeléssel, törődéssel. Bizony szépek lesznek a virágok. Mert hoztad. Kaptam. Törékenyek, mint a porcelán. Drága porcelánom, törékeny... porcelánom.

Így elindultak egy közös úton az ismeretlenbe. Tervekből valóságot szőttek, álmodva új célokat a hit és a szeretet szivárványa alatt. A realitás talaján. Ez azért fontos, mert a lány elkötelezettje volt egy bizonyos közösségnek. Hitte, de akkor még egyensúly volt a hit és a realitás között. A hit LGW számára is fontos volt, de ettől még nem érezte magát mindenhatónak. Azt vallotta, ha annak érzed magad, egyszerűen csak állítsd meg a szelet. Mindezt kissé elvonatkoztatva mondta a rátarti sanyargatóknak, kik lehet, hogy hitetlenek. Dorbézolnak és embereket foglalkoztatnak a maguk gazdag ürességében, semmibe véve azokat, akik termelnek nekik. LGW benne volt, így megfogalmazódott benne egy gondolat.

– Zsiványok trógerek, kihasználók és stréberek. Kerüljétek a becsületemet. Egy villanás a múlt, és vége lesz. Zsiványok, trógerek, kihasználók. Zsíros jelenben csodálkozók. Ímmel-ámmal falatozók. De vége lesz. Egy villanás a múlt. Kerüljétek a becsületemet, mert én ott leszek. Zsiványok, trógerek, kihasználók, zsíros fejű tányérnyalók. Ott leszek. Az a villanás lesz a múlt. A kiérdemelt rémálmod. Ha már mindent megtettél érte…

Kétségtelen hogy a jóra való szándék, a törekvés élt a lányban és a fiúban egyaránt. A legjobb gondolatok és tettek is fennakadtak valamiféle ilyen hálóban. Azonban ez a páros hitte, hogy a tiszta lelkiismeret a legpuhább vánkos. Azzal kelsz, és azzal fekszel. Az ötlethiénák tették a dolgukat. Szétziláltak minden utat. Azt, hogy építő jellegű terveink megvalósuljanak. A csalódások után így vélekedett LGW, egységünk tudatos énje.

– Ez csak egy állomás. Egy terv és rengeteg munka volt csupán, mit mások tettek tönkre. Igen, a tányérnyalók és az irigyek. Azt, hogy terveink megvalósuljanak. De nincs még befejezve. Mert még nem fejeztem be!

A lány akkor egy smaragd szigetről álmodott. LGW tudta, meseországba mennek. Koboldok és tündék közé. Belfast volt az úti cél, hogy megvalósítsák azt az egységet, miben hittek. Elmenni otthonról a sehová. Ismeretlen világba, a kétséges jövő felé. Bátorságpróba volt, de nem hiábavaló. Persze csalódások sokasága nehezítette életüket ott. Anyagi okokból terveztek, de utólag annak a mesevilágnak a misztériuma, a smaragd sziget varázsa csak LGW lelkébe épült be mélyen. Ő annak részévé vált.

Együtt vitték tovább a gondolatot. Kéz a kézben. Egymásért felelősséget vállalva, bizakodva, egy gondtalanabb jövő felé. Együtt. Akkor, ott távol, néhány év után kattant valami. Az öntudat. A hovatartozás megszilárdult. Szolgáltak egy idegen népet nem anyanyelvükön évekig. A magyar Himnusz édesebb volt, mint itthon bármikor. Időseket gondoztak. A Rosmary lodgeban. LGW a konyhából szolgálta az idős bentlakók kívánságait. A lány, az a kedves lány, aki ígérte, hogy „feltétel nélküli szeretetben lesz részed", önnönmagán felülemelkedve teljesített, és tanulta az alázatot. Mindketten elsajátították azt. Aztán eljött az idő, hogy hazaköltözzenek évek után, hogy megvalósítsák álmaikat. Magyarországon. Észak-Írország már csak emlék. A mesés smaragdsziget. Emlék.

MÁSODIK FEJEZET

Együtt

Azt a céltudatos harmóniát csak az élhette át, aki benne létezett. Élte azt. Volt benne spiritusz. A smaragdzöld sziget megfoghatatlan misztikuma hazakísért. Ereje, mondanivalója beépült a tudatomba. De a késztetés, hogy magyar vagyok, eleven volt a szívemben. A késztetés megvalósult. Az elképzelés, hogy Magyarország rejtett kincseit lefotózzák, annak eredetét feltárják. Hogy választ találjanak arra, mitől szép ez az ország. 150 magyar alkotót kerestek fel. A turné két évig tartott. Bizony, egy szép napon elkezdődött. LGW és a lány, Catie, személyesen keresték fel az alkotókat. Iparművészeket, festőket, keramikusokat, szobrászokat és megannyi magyar alkotót. A cél az volt, hogy felnyissák azon emberek szemét, akik a TV-ben látják Magyarországot. Bizony, láttam ezt a Magyarországot. Alkotókat, akik az országot fényezik. Láttam, milyen sanyarú körülmények között élnek és alkotnak. Hogyan őrzik a hagyományokat. Sok esetben egyes érdekek betakarították ezen alkotók gyümölcseit. Ez azonban egyetlen alkotót sem érdekelt. Náluk zsigerből jött megvalósítani az elképzelt alkotást. Egyfajta késztetés, alázat. Az ősök temperamentuma. A szépre való igény. Nem lehet ellene tenni. Az ősök táplálják a tudást, mely Magyarország gyökereiből fakad. Az alkotó a szívét adta bele, s ha munkája nem kellett, csalódással alszik el azért, hogy egy újat álmodjon Magyarországért.

Szóval a lány partner volt a megvalósításban. Néhány cél sikerült, néhány elbukott. LGW azt hitte, csak végig kell menni az úton, amit terveztek. Elfelejtette, hogy az élet nem álom és szivárvány. Undok, kegyetlen hely is lehet, ahol az irigyek térdre kényszerítenek. Aztán az együtt töltött évek megmutatták, hogy az épületes kis sikerek kevesek a megvalósításhoz. A lány kétségbe esett. A zöld sziget meseszerű varázsa csak LGW-ben maradt meg. Neki kell továbbvinnie azt. A lány egy napon elfordult tőle. Bátran tehette, hisz' ő már kész volt. Felépült az oktatás. Vállalkozó lett, feladva mindent, ami addig közhasznú volt. Azt, miben LGW hitt. Hát voltak tanácsadói. Ördögök és boszorkányok. Nyálas talpú csúszómászók. Azok az emberek, kiknek nincs saját életük, így ráérnek tönkretenni másokét. A lány visszakerült oda, amiről meggyőzték. LGW már senki nem volt számára. Így a fiú egyedül maradt. Csalódottan, hátba döfve. Évek sokasága omlott a nyakába. Törmeléke annak, mit együtt építettek. Miben hittek. Bedőlt az álom, bedőlt a cél, 18 év után. LGW egyedül maradt. A szó legszorosabb értelmében. Szülei idejekorán meghaltak. Édesanyját ápolta, a legfontosabb köteléket, mikor az így szólt:

– Fiam. A második lettél – értette ezt egy meseíró pályázatra anno, mikor LGW még gyerek volt. – Fiatal vagy még, de ígérd meg nekem, hogy leszel az első valamikor. Nem számít, mikor. A másodikat elérted. Legyél az első valamikor az életedben.

– Első leszek, anyám – ígérte a fiú. Az utolsó szavak voltak ezek. Az EKG csipogó hangja hosszabb szünetekkel jelezte, hogy édesanyja teste, lelke elfáradt. Magára fogja hagyni LGW-t. Így lett. Ez csak egy kis visszatekintés volt a múltba. Dupla megpróbáltatás volt ez, hisz' a lány maradt minden, amit abban az időben LGW családnak hívhatott. Így írt le néhány gondolatot a veszteségekről. Csak a szél fúj. Nem száguldó gondolatok, nem rohanó kövek. Ha behunyod a szemed, nem létezik más, csak a szél fúj. Ne félj, amikor el kell fogadni az igazságot hamis emberektől, tudván, nem őszinte. Hunyd le a szemed, mert csak a szél fúj. Már nem vagyok ott a hazugok között, mert a szél fúj. Szerteszét. Szárnyaira ébred az igaz valóság, szél szárnyán repül tova az illúzió, az álom és a csalódás. Tovatűnik sebes, nehéz kövek sokasága alatt. De kövek alatt kis virág bújik. Már nem vagyok ott a hazugok között, mert a szél fúj. Szerteszét.

HARMADIK FEJEZET

A szakadás csókja

S ím, fergeteg kerekedett, hogy elsodorjon vagy vigyen mindent, mi méltatlan hozzád. Veled együtt a valóságodat, a létedet, vagy az emlékeidet. Mindent. S ím, a fergeteg gyökerestől tépi ki a méltóságot. Ledönt és megtép, ha hagyod. Ábrándot, mely a szemedben ragyog. Életet, jövőt. Erényt. Semmiből tart sehová. Sehonnan jött fergeteg. Szél-fújta, hiábavalóságos semmibe kapaszkodik viharos kedvére, csak vigyen mindent, amit tud. Melegséget, összetartozást. Csak harmóniát tépjen szét. Csak elvigyen mindent. A fergeteg.

A lány egy biblia előlapjára írta az akkori valóságot. Így fogalmazott.

– Mint almafa az erdő fái közt, olyan a szerelmesem a legények között. A férfinak, akit szeretek. A férfinak, akit mellém rendelt a sors.

A fiú erre így válaszolt:

– Bizonyságul szolgáljon néktek ez a könyv, mit útravalónak néktek adok, hogy soha ne feledjétek, milyen áron kaptátok a boldogságot. Valamint bizonyságot adok néktek, hogy az út végén lázas munkátok nem volt hiábavaló. Persze ha tisztán meg tudjátok őrizni az egymásban való hiteteket, melyet kaptatok.

Nos, valaha így volt, de tudomásul kellett venni, hogy minden személyiség egyedülálló és megismételhetetlen. Minden anima egy új lehetőség csíráját kapta. Más kérdés, hogy hogyan fejezi be, ha az idő eljön. LGW tudta, hogy ezt tiszteletben kell tartania. Erről így gondolt: *Egyedül jöttél a világra, és egyedül kell elmenned innen. Örömteli lehet az, ha valaki megfogja majd a kezed. Mindenkit megillet a döntési jog szabadsága. Ha eljön ez a késztetés, találja meg abban azt a boldogságot, amit keres. Átgondolva azt. Mert a változásért árat kell fizetni. Bizony, bele is lehet halni. Vannak, akik azt mondják, ez így igazságos. Mert hát a halál ingyen van.*

Nem hinném. Az életeddel fizetsz érte. Viszont ha valaki megtalálta a vágyott boldogságát, akkor örömmel kell elfogadni azt. Ha egyedül is, amikor a magány lesz a társad. LGW így gondolkodott erről: *Nocsak. Emberek ki-be járnak a szívemben. Kedvük szerint. Elképzeléseik szerint. Ha kell, képesek gyökerestől tépni ki a megszelídített öntudatot. Kirángatnának a bőrömből harminc ezüstért. Kell ez nekem, vagy a szívemet adom az embereknek? Ingyen. Így nem kell elvenni azt. Bocsánat, de ez az én életem. Azt ingyen adom. Odaadom. Ígéretért? Harminc ezüstért? Nem. Ingyen. Egy őszinte mosolyért. Egy igaz szándékért. Egyetlen mosolyért, ami végre őszinte. Nocsak. Nincs jelentkező. Már senki nem tud őszintén mosolyogni? Perszónája mögé bújva lesi, hogy kinek a mosolya eladó harminc ezüstért. Úgy kezdi, hogy reggel belenéz a tükörbe. Azután kinéz szobája ablakán, és utána már nem néz tükörbe aznap. Az én tükröm, az én valóságom. S ez legyen az, mire hivatott. Egyetlen mosolyért, ami végre őszinte.*

Így a lány visszakerült oda, ahol mindig is járt. A záporvirág ledobta szirmait, azokat magával ragadta a fergeteg. Ez volt a szakadás utolsó csókja, a fiút ezzel a döntéssel egy ismeretlen útra kényszerítve. Egyenesen az ürességbe, ahol léteznie kellett, de élnie nem szabadott. Elkezdte egyedüli életét, keményebben, mint valaha. Összezavarodott körülötte a harmónia. Édesanyjára emlékezve vigasztalódott. Anyák napján egy szál gyertya mellett így próbált erőt meríteni: *Volt egy pillantás. A pillanatban, mikor villant az élet. Elsőként tekintett rám anyám szemével, a szeretet szemével. Alkotott a sors, mint ahogy mindnyájunkat. Egy pillantás alatt. Mind ez egy pillantással kezdődik, és az is marad. Mint maga az élet. Egy pillantás. Hacsak azt nem töltjük fel építő tartalommal. Ha sikerül, látni is képesek leszünk, nem csak pislogni. Észrevenni azt, mit nap mint nap látni szeretnénk. Amit szeretni fogunk látni. Mert az élet bizony egy pillantás alatt tovatűnik a maga felfoghatatlan hiábavalóságából a maga sajátos természetébe, mely építő, vagy épp leépítő. Teheti ezt egy pillantás alatt. Rajtunk múlik, mi lesz, vagy milyen lesz benne a tartalom. Vagy csupán az lesz benne, amit mások beleerőszakolnak az életünkbe. A pillanat tükrében ott lesz a valóság. Nem fog kérdezni. Teszi a dolgát szemrebbenés nélkül. Nem érdekli, hogy az fáj neked, és nem fogja megkérdezni, hogy örülsz-e neki. Csak teszi a dolgát. A kérdés az, hogy mit fogsz fel belőle, ha megpillantod majd. A hiábavalóságot, vagy a rejtett tartalmat egy pillantás alatt. A kétséget és gyötrődést, annak kudarcát, vagy a kétségtelent, hogy tudom, mit kell tennem. A hiábavalóság szemfényvesztés. A tartalom a te döntésed. Kételkedhetsz bennük, kétségtelen.* Így LGW egy pohár bor mellett a lányra gondolt, emlékezve egy késői hazatérésre.

Látod. Hazaértem. Hívtál engem. Lásd, itt vagyok. Melletted. Mert hiszen hívtál engem. Üzentél nekem, hogy szeretni fogsz. Üzentél nekem, hogy fogod majd a kezem. Üzentél a hiábavalóságba. A sehonnan sehová tartó szél fújja szét a reményt. Látod a vakok gondolatát? Hiszed a hiábavaló tévelygést, vagy erőt merítesz abból, mi gyökere és tápláléka a valóságnak, hogy itt vagyok melletted. Mert hazaértem éjnek idején. Szelíd gondolattal, békességgel. Mert hívtál engem. S lásd, itt vagyok. Melletted. De a sehonnan sehová tartó szél szétfújta a reményt.

A fiú azt hitte, valami új kezdődik. Rá kellett jönnie, hogy most ez nem új, hanem a múlt árnyéka. Felfogta: fény nélkül nem lehet élni. Amikor évek teltek el és még újabbak, felismerte, az a szeretett lány már nyolc éve elment. Faképnél hagyva őt, mindent tönkretéve. A nagy pofon ezután érkezett. A túlélés évei egyedül. Új lecke a valóságban, hogy végül LGW megvalósítsa önnönmagát. Persze akkor még erről semmit sem tudott. Sem ő, sem a gondolatvarázslója, ki egyben a géniusza volt. Hirtelen a remény üres álom maradt. Minden cél láthatatlanná vált. Egyedül, ahol a magány volt az egyetlen társa. Összeomlás és törmelék. Új lecke, amit meg kellett értenie. Menekült, kapaszkodott, és élte a hétköznapi realitás napjait. Olcsó munkaerővé vált. Gondolta, kenyérre elég. Bizony csak arra volt elég. Az ember társas lény. Így rendezkedett be, így írta meg a Teremtő. Ez így normális. Ehhez azonban kell egy társ. De nem mindenáron. Alapvető és életszerű valóság az, hogy egy lakást, amire két ember vállalt felelősséget, azt egy ember nem tud fenntartani. Küzdhet érte, de ez nem más, csak kivéreztetés. LGW védte a múltat, amíg lehetett. Minden lehetőséget kihasznált, hogy mentse a menthetőt. De minden tudás annyit ér, amenynyit használni tudunk belőle. Ha sehol nem használhatod, úgy mások előtt nincs értéked, hisz' az ő szemükben csak a pénzed, ami meghatároz majd, nem az, aki vagy. Szóval LGW munka nélkül maradt.

NEGYEDIK FEJEZET

A közösség ereje

Nem messze attól az említett lakástól, ahol LGW egyedül maradt, létezett egy otthonosan berendezett közösségi hely. A kis kocsma, ahol az emberek a napi megvívott csatáik után találkozhattak egyfajta baráti közösségben. LGW az eltelt évek során személy szerint ismert mindenkit valami oknál fogva. Őket, akik oda jártak levezetni a napi feszültséget. Ügyvédet, tanárt, kőművest, szakácsot, festőt, ácsot, lakatost és mindenkit, aki a társadalom egyik gyöngyszeme volt. Igen. Értékes emberek ők, akik a nehézségek árán is képesek képviselni önnön személyiségüket. Jól. Nagyon is jól. Bizony, a sok hiábavaló némaság után LGW hangokra vágyott. Elment erre a helyre, az igaz valóság közösségébe. Ezt a közösséget egy katonaviselt, racionalista gondolkodású – tisztelem az Urat – ember vezette, akinek helyén volt a szíve. Temperamentumát tekintve, nos, látogasd meg egyszer... a lényeg hogy ebben a kis közösségben a kölcsönös tisztelet uralkodott.

Mindenkinek és mindenki munkájának megvolt a helye, annak becsülete. Egyik ember sem volt több vagy kevesebb, mint a másik, legfeljebb a pénze volt több. De abból ellensúlyozta a másik rászorultságát. Bajtársias volt. Emberhez méltó. Amikor LGW számára megszűnt minden pénzforrás, ők, ezek az emberek igyekeztek segíteni. LGW zöldfülű volt az építőiparban, de úgy gondolta, ha az Úr ad feladatot, ad hozzá szerszámot is. Bizony, éreznie kellett, hogy az a szerszám magától nem működik. Ember az, aki azt fogja. Egyszer csak beszippantotta az a szellemiség, amit ezek a mesteremberek uraltak. Örült, ha hívták, és tanult. Megtanulta azt, hogy ezek az emberek mindent beleadva teszik a dolgukat. Megtanulta látni a nyerseség mögötti bölcsességet. A szakmai tudás évtizedes kifinomultságát. Büszke volt rájuk. Ezt nagyon kevesek veszik észre az íróasztalok mögül.

LGW akkor a vállfára akasztotta a nyakkendőjét. Már nem volt egyedül annyira. A „hazamenni" annyi volt, hogy közöttük lenni, hallgatni őket. Volt egy ember. Nehéz élete volt. A város peremén lakott. Oda egy hosszú földút vezetett, ahol a hulladéklerakót felügyelte. Kerékpárral járt. Télen, nyáron. Nem kis kihívások árán. Ez az ember egy nap megtöltötte a drótszamarát élelemmel. Szóval a bicajt. Elindult, hogy hűséges kutyáit etesse. Valahogy úgy sikerült, hogy az éj leple alatt minden portékát elszórt, amit vásárolt. Másnap, a város felé jövet megtalálta azokat. A helyi közösségben csak így nevetett, mesélve a történetet:

– E. Ez itt az én hagymám, az ott meg az én kenyerem.

Sajnos ezt a jóembert az élet leterelte az útról, ami értelmet adhatott volna számára. Az említett kis közösségben mindenki segített neki, ahogy tudott. Mindenki a maga módján. De végzete tragikusan bekövetkezett. LGW így emlékezett rá a kis közösség nevében.

Kedves barátunk! Az évek során, hinnéd vagy sem, vigyáztunk rád. Amennyire tudtunk. Nem tehettünk sajnos többet. Mindenki, aki a barátod, akivel együtt sírtál vagy nevettél, lélekben veled volt a nehézségeidben. Nevetésedben, amikor kinevetted a megpróbáltatásaidat. Veled voltunk, igyekeztünk építeni téged. S már tudjuk, kevésnek bizonyult. Nincs és nem is volt hatalmunk a sors felett, de tudjuk, az a szeretet, amit ettől a kis közösségtől kaptál, vagy az a vidámság, amit ez a közösség tőled kapott, az őszinte volt. Kitől, mikor, hogyan. Kívánjuk neked, hogy a Tejúton már könnyebb legyen. Ne dobjon le a „drótszamár", és hagymáid ne guruljanak szanaszét. Békében, szépségben és csodálatban élj odaát úgy, hogy lélekben velünk maradsz e világon. Emlékeinkben, hogy tovább foghassuk a kezed, barátunk, mint ahogy egymáséit is. Az Isten legyen veled hosszú utadon. A barátaid sosem felejtenek el.

Bizony ilyenkor ébred rá az ember, hogy ma ő, holnap én, vagy éppen te. Annak az embernek nem volt mása, csak egy kerékpárja. Nem vihette magával azt sem. Elgondolkodtató, nem? De hát mindenki maga tudja. Ez a kis közösség összekovácsolódott, mi több, új emberekkel bővült. Emberséges, segítőkész kaláka alakult. Öröm volt nézni. Erről bizonyságot tettek. Nap mint nap. Azonban az, ami azon a karácsonyon történt, meseszerű volt. LGW átélte és világossá vált előtte, hogy a smaragd sziget tündérei bizony léteznek. Egy nem várt, globális egészségügyi intézkedés folyamatos regulái munkáltatókat korlátoztak, tönkretéve munkavállalókat egyaránt éveken át. Ez a kialakult helyzet családokat állított falhoz, nem csak azt, akinek egyedül kellett átvészelnie a megpróbáltatásokat. Karácsony volt. LGW is munka nélkül maradt, így gyorsan jelentkeztek a hiányosságok. Nehéz tél volt. Kis tréfával még arra is ferde szemmel nézett, aki szerette a telet. Ellenségének sem kívánta azt. Bár mint olyan, hogy ellenség, számára nem is létezett. Nos, egy átfagyott nap után a szokásos módon, a szokásos helyen ülve melegedett a karácsonyi hangulatú kis közösségben. Nem volt éppen vidám. Mondhatni, keserűségével vágni lehetett volna a levegőt. Amikor vidám volt, akkor sem beszélt. Csakis, ha kérdezték. De akkor minden szava vágott. Éppen ezért nem kérdezték. Egyszer csak fölé hajolt valaki. A fahéjas gyertya lángjának fénye táncolni kezdett, úgy, ahogy LGW szemében a kétségbeesés könnyei. A hölgy, aki odalépett hozzá a baráti társaságból, csak annyit mondott:

– Éld már túl! Segítünk. Boldog karácsonyt. A hölgy egy borítékot tartott a kezében, mely borítékon nevek álltak. A barátok nevei. A borítékban pénz volt. LGW levegőt nem kapott, úgy meglepte ezen nemes gesztus. Nem tudott gátat szabni érzelmeinek. Ledermedt, s csak a könnyei csorogtak arcán. Azért fájt ez ennyire, mert rágondolt azokra az évekre, mikor ő segített embereken, hogy gesztusaival könnyítsen azok megpróbáltatásain. S most ő került kiszolgáltatott helyzetbe. Ez az, ami megmutatta számára, mi a közösség ereje. A fagyos tél után sok nehézséget követően végre kitavaszodott. LGW az építőiparban kereste kenyerét. Dolgozott, de egyedül nem bírta a terheket. Barátai biztatták, felejtse el a múltat, és kezdjen valaki mással új életet.

Jellem és kétség

Kétségtelen hogy barátainak igazuk lehet, de félő, hogy ez azért nem olyan egyszerű. Kétségtelen: ha nem jár utána, lehetősége sincs új társat találni. Valakit, akivel megoszthatja életét. Így hallgatott a jó szándékú szavakra. Hát megfordult itt-ott, de mindig mosolyogva tért haza. Azt vallotta: „aki fontos lesz, majd azt mellém rendeli a sors, ha akarom, ha nem". Persze ahhoz társaságba kell járnia. Ment is néhányszor. Egy ilyen alkalommal történt, hogy meghallott valamit, amit nem kellett volna. Elmesélte barátainak az élményt. Bár kétséges hogy ezt élménynek lehet-e nevezni. Előrebocsátom: kétségtelen, hogy vannak kivételek. Senkit nem akarok megbántani vele. Akinek nem inge, ne vegye magára, csupán megosztom LGW élményét, aki így mesélt erről:

– A mai nap részese lehettem egy öt fős, harmincas éveiben járó lánycsapat beszélgetésének. Egy szó, egy gondolat volt, ami megütötte a fülemet. „Te kaptál zsákot?" Persze, csajos duma, oké. A zsák. Természetesen a férfiakról volt szó. És hát intim témákról. Egyesek zsáknak hívják. Mire is gondolunk itt? Pénzeszsák? Zsák? Amivel a férfi boldoggá teszi épp aktuális partnerét? Zsák, amiben szerencsétlent elviszik majd? Mármint a férfit. Édesgetjük a kutyát, mert képtelenek vagyunk megfelelni a természetes elvárásoknak? Ez a mai trend? És hol a nő? A társ az életben? Hová tűntek az igazi párkapcsolati értékek? Hogy igazán tudd látni a szépet és a jót, ami nap mint nap képes örömet nyújtani neked, hogy értelme legyen az életednek. Megsúgom: ellopta tőled a napi trend. Meg a telefonod. Meg a barátnőd, valamint a hiúságod, a nem létező versenytársaid. A „hátat fordítok mindennek, mert nem létezik". Hidd el, létezik, csak te nem ismered még. Tenned kéne érte, de a férfiak csak kihasználnak. Ezt azért gondolod így, mert még nem volt szerencséd olyannal találkozni. Nem zsákkal, hanem olyannal, akit nem beszélsz ki a barátaid, barátnőid előtt. Éppen ezért megértem, hogy zsákot keresel, és találsz is. Mert hát megtalálja a zsák a foltját.

Nos, én csak megosztottam LGW élményét. Egyetlen hozzáfűzni valóm azért lenne. Nagyapám mindig arra tanított, hogy az a nő, aki valaha boldoggá tett, az a te emléked maradjon. Senkire nem tartozik. Tiszteld meg hát a hallgatásoddal. Tartás volt benne. Egyenes gerincű, jellemes ember volt. Sosem voltak kétségei afelől, hogy gondolkodása nem helyénvaló, hisz' ajándékba kapta a tisztánlátás tehetségét, amit semmi nem árnyékolhatott be. Hátat fordítva a hiábavalóságoknak kereste a bölcsességet, annak építő természetét. Nem volt befolyásolható vagy részrehajló. Remélhetem csak, hogy nagyapám megtalálta azt.

LGW tovább folytatta a megvalósítás útját. Ahhoz, hogy kiteljesedjen egységünk. Szédült álmokból zuhant vissza a napi jelen valóságába, ahol tovább kereste az utat. Naponta találkozott új emberekkel. Emberekkel, kik egyik nap segítették, a másik nap szembesítették a hiábavalóságokkal. Mondván: „helyzetedből adódóan ez a kitűzött cél csak álom marad". Erre ő csak annyit mondott:

– Ha meg kell halnom, csinosan, csatában, méltósággal teszem. Azért, mert az életem olyan, mint télen a hó. Aki hozta, majd el is viszi azt kedvére.

A baj csak az, hogy ezt a folyton változó körülmények határozzák meg az adott időben. Lehet, hogy nem lesz hatalmam megvédeni LGW-t vagy magamat. Mindkettőnket. Mert a legjámborabb bárány is farkassá válik, ha olyanok a körülmények. Bíztam a mondásban, miszerint a farkas nem a balszerencsés őzet kapja el, hanem a gyengét. Azt akartam, hogy LGW oroszlán legyen, ha küzdeni kell. Ha üvölt, hangjától hullámozzon a pampafű és az összes állat félelmében meneküljön a dzsungelbe. Nézzen őzikebarna szemeivel az üde rétre. Azt akartam, hogy szárnyaljon a maga szabadságában hirdetve: ha a földön nincs helyed, hát gondold át, mennyi méltóság van benned, amit cipelned kell. A méltóságodat, ami motivál napról napra. Hogy másnap ismét képes légy felkelni. Újra csodát remélni, tündérek csókját várni, vagy azok mosolyában megfürödni, kacajukban megmártózni. Lerázni a tegnapi fájdalom könnycseppjeit feszes szárnyaidról. Szárnyaidról, évek tollairól, melyek pihékből serkentek születésedtől, hogy megerősödve a magasban tartsanak. Emeljenek mind magasabbra, míg a szivárvány minden színét meg nem ismered. Ott, a magasban. Ahová a szárnyaid emeltek. Ahol a világot nem látod, hanem érzed. Ahol a ragyogás nem tűzijáték vagy villanás. Átitatott valóság, öröm és boldogság. A méltóságteljes beteljesedés. A benne lévő vibrálás sokasága, annak ezernyi harmóniája. Te alkottad, építetted a reményt, a szándékot, mi szerint élni akarok. Kétségtelen, hogy minden kétséget kizárva a jellemed határozza meg a cselekedeteidet. Két út van. Az egyik nem vezet sehová. Az utad a jellemed, és a jellemed az utad. Senki másé, csak a tiéd. Addig kell ezen menni, míg azt nem mondhatod: „az én ajtóm csak befelé nyílik". A jellemet nem kételyek között nyered el. Azt kétségkívül a hétköznapi tetteid fogják életre hívni. Úgy, ha hiszel magadban és megvalósítod a hitedet. Csak így lehet saját életed. Kétségek nélkül így van ez. Ezen gondolatok után így folytatta a szerzőm, a gondolatvarázsló tudatalatti énem.

HATODIK FEJEZET

A kétségtelen félelem

Hát mennyi mindent tanultunk és láttunk azóta. Attól a perctől kezdve, mikor édesanyám e világra kísért. Akkor még nem tudhattam, hogy a tudatalatti énem is velem született. Nem tudtam sokáig róla. Idővel is csak azt, hogy velem van, de nem tudtam vele mit kezdeni. Aztán rájöttem: ha nincs velem, magamra hagy, akkor alakulnak bennem a félelmek és hiábavalóságok. Ő lett a szerzőm. A gondolatvarázslóm. Egy nap így fogalmazódott meg bennem a felismerés. Üzenete a tudatalatti énemnek:

– Belevetem magam az éjszakába. Ott leszek szegényes perceidben, ott leszek a munkádban, az elveszített szeretetben, a hiábavaló bizalmatlanságban. Ott vagyok benne, ha szeretsz. Ott vagyok benne, ha gyűlölsz s torkomat vágnád. Ott vagyok veled, ha mosolyogsz, fogod a kezem s én szorítom azt. Ott vagyok a gyűlölet és teljes utálatod haragjában. Annak árnyékában. Veled. Ha szomorú vagy, vidám és boldog, mert a részed vagyok. Hogy miért vetem alá magam a megpróbáltatásoknak? Mert hitelesen akarom visszaadni a valóságot neked. Merek gyenge lenni, felvállalom azt, mert épít engem. A gyengeségem a legjobb barátom. Olyan, mint a szél. Jön a semmiből, és semmivé válik. Igen, félem. Kerülöm a kétségbeesést, de kétségtelenül van, hogy úrrá lesz rajtam.

A szerzőtől üzenetet kaptam. A tudatalatti gondolatvarázslómtól, aki életre hívott. Ez volt az első kapcsolat a szerző és LGW között.

Azt a sehonnai világot felejtsd el, amiben most élsz – üzente a szerző. *Azt a hovatartozást, amiben most vagy. Ami felé igyekszel. Mert most élsz. Ne kapaszkodj. Ott már nincs mibe. Azt a félelmet engedd el, amiben most létezel. Az ingoványba. Azt a fájdalmat, amiben most törekszel élni. Hidd el, élhetetlen. Ne kapaszkodj. Nincs mibe. Mi az, ami felé igyekszel? Félsz és élsz. A döntés joga előtted*

lesz egyszer. A félsz, a létezel vagy élsz. De ne kapaszkodj a hiábava-
lóságokba, mert nincs mibe. Azt a sehonnai világot felejtsd el, ami-
ben most élsz. Lépj az ürességbe, mert egyetlen vagy és megismétel-
hetetlen. Elhozza számodra a várt csodát, megfogja majd a kezed.

Ez volt az első üzenet amit LGW a szerzőtől kapott. Elindult hát az úton, hogy tudta, már nincs egyedül. Valakire számíthat, ha baj van, így már nincs egyedül. Elkezdett működni egy láthatatlan kommunikációs vonal Large Genius Doublejú – LGW – és a szerző között. Ismerkedtek. Nem barátkoztak. Idegen volt minden. LGW félt, rettegett. A világ teljesen mást diktált, mire őt a szerzője immáron megteremtette. Sokat álmodott. Tépelődve esett ágynak fárasztó napjai után. Amikor LGW-nek ilyen éjszakái voltak, azt a szerző átérezte, így:

– Még rajta a verejték, mi lecsordult közös arcunkon, nekem az orrom vérzett. Ő a verejtékét adta, én a véremet érte. Vér és verejték mosódott össze a közös célért, ami csak egyikünké lehet.

Az L. G. Whitelord címet viselni, annak méltóságát elnyerni vágyálom volt ekkor még. Egyetlen út vezetett ahhoz, amin mindketten elindultak. Az egyik sima, de végeláthatatlan. A másik göröngyös, sáros, szinte járhatatlan. A kérdés az, hogy ki melyiket választja. Mert hát, amikor mások jönnek, neked menned kell. Amikor megpihennek, neked rohanni kell. LGW. Amikor leülnek, te felállsz, s amikor mindenki igent mond, te azt mondod: „nem". Nem az út a hibás, mert sáros és göröngyös. Te félsz rálépni arra. LGW-t egyszer megkérdezték, hogy akkor mégis miért ezt választotta. Ő így felelt:

– Mert kevés benne a konkurencia.

Így ezt az utat kezdtük el járni mindketten. Oroszlán módjára. Mert nem birkák voltunk, akik a juhász nógatására várnak. Láttuk a célt közös álmainkban. Amikor LGW-t kérdezték ismételten mások is, hogy miért a nehezebb utat választottad, ő csak legyintett.

– Mert ha könnyebb lenne azt, rád bízták volna ezt az utat. Kétségtelenül félelemmel teli út ez. De elindultál selyemfűzős bársonytopánkában, mikor mindenki ünnepelt. Azonban az utad során rájöttél, hogy gumicsizmát kell viselni, ha sár van előtted. Mikor azt lábaidra húztad, mindenki nevetett, aki addig ünnepelt. Ennek ellenére te mész tovább azon az úton, amire sokan rá sem mernek nézni, nemhogy azt végigjárni. Ők a nagy kritikusok.

Erről LGW így gondolkodott tovább:

Azt mondta az élet nekem: azt kapod, amit ígértem neked. Az élet, elfelejtve, hogy meg sem születtem, ígéretet tett nekem. Mert hitte, hogy már létezem. Benne, de nem a valóságban. Így az élet azért megteremtette a valóságot úgy, hogy idejekorán mindent elvett tőlem. Most ígéretét betartva hozta a valóságot. Mert az élet ígért nekem. Azt mondta: „a valóságot kapod". Csakhogy az élet a születést parancsolta. Nem a valóságot. A valóságot teremteni kell. Mert az élet azt mondta: „Azt kapod, amit ígértem neked. Méltón, csinosan halj bele abba, vagy csinosan viseld és éld a méltóságot. Csak így létezel a valóságban." Immáron bocsánatot kérek... hogy élek. Bocsánatot kérek, hogy félek. Bocsánatot kérek, hogy bántottál engem. Megbocsájtom magamnak, amitől félek. Nem más ő, csak maga az élet.

HETEDIK FEJEZET

Gondolatok az irigységről

Most azt hiszed, hogy az adott időben kiteljesedtél. Igazad van. Azon a szinten igen. De attól még nem vagy befejezett vagy kész. Ha trónodon érzed magad, hidd el, nem sokáig lesz a tiéd. Le fognak onnan taszítani. Talán pont azok, akiket szerettél, vagy akikben bíztál. Vagy akik szerettek téged. Idő kérdése csak. Az előző fejezetben latolgattuk a félelmet. Bizony, az irigység táplálja azt. Félem, hogy a másik felülkerekedik rajtam. Nem, ez így nem is igaz. Félem azt, hogy kevesebb leszek. Félem, hogy nem érek annyit, mint bárki más. Nos, ilyenkor felejted el, hogy az egység része vagy. Fogaskereke a meghajtásnak. Lehet, hogy nem leszel már jobb, de kevesebb sem leszel bárkinél. Tégy úgy, mint az egyszerű katona, akinek feljebbvalója parancsolja:

– Álljon a sor végére, közlegény!

Mire a katona:

– Jelentem, nem tudok, ott már állnak.

Sajnáltad és irigykedtél arra a katonára, aki a sor végén állt, hisz' neked nem lehetett a sor végére állni, mert ott már álltak. Hát ilyen ez. Épp ezért azt javaslom, kezdj egy új sort, s így a sorban te lehetsz az első. Mindenki más mögéd áll majd, ha ígéretes a sor, amit létrehoztál. Mert volt bátorságod az élére állni. Az uniformis ne tévesszen meg soha. Attól, hogy a rókát kékre festik, még megfojtja a tyúkot és tovább garázdálkodik a baromfiudvarban. Nem a ruha teszi az embert emberré. Bár pénzed van és minden márkás cuccot megvehetsz, nem az fog téged meghatározni. Irigy leszel a márkás cuccaidban arra a méltóságteljes emberre, aki egy zsákban, meztelenül is egyenes gerinccel áll előtted. Krumplival és salátával dobálnád oszlophoz kötve szerencsétlent. Tojással hajigálnád azt az embert. Mert megteheted, ha úgy gondolod, hogy az irigységed fokozódjon. Miért is? Mert akit megdobáltál, az viseli a nem létező szégyenét, és az is jól áll neki. Csinosabb, mint te, aki megdobáltad márkás ruháidban, cipőidben. Félsz, igaz, hogy a pofátlan alak meztelenre vetkőztetve is különb, mint te? Elárulok valamit. Ez azért van, mert csupasz seggel jöttünk a világra, de néhányunkba méltóság szorult. A gazemberséget nem lehet véka alá rejteni. A méltóságért megdolgozott az az ember, akit megdobáltál salátával. Látod, mi a különbség? Az, hogy ő ezt nem tenné veled. Ne irigy légy, hanem tanuld meg tőle, hogyan gyakorolja az alázatot. Azt, hogy hogyan éli meg a hiábavalóságokat méltósággal nap mint nap. Hogy vágyálmai nem kergetik őt a semmibe, annak ürességébe. Azt, hogy el tudja engedni a számára nem létezőt. Az irigységet. Képes a nála boldogabb emberekben látni a szépséget, mely építő jelleggel bír felé. Eszébe sem jut az irigység. Így erősödik a méltósága. Napról napra. Azon tiszteletteljes emberek között, akik kendőzetlenül megosztják a saját örömüket, hogy te is tanulj belőle. Nem azért teszik, hogy bárki is irigy legyen. Ők abban a pillanatban így érzik életüket természetesnek. Nem bántani akarnak vele azért, hogy elhatalmasodjon benned a félelem, mondván, neked ez úgysem fog sikerülni. Nem céljuk ez. Csak boldogok. Kívánják neked, legyen benne részed. Mert az idő eljön egyszer, hogy átéld te is újra egy magasabb szinten. Ismét. Immáron nem irigynek kell lenned. Megköszönni a tanácsot, hogy így is lehet. Az útmutatást. Azt az utat, mit hosszas magányodban már rég elfelejtettél. A magasságot. S jut ezen gondolat kapcsán eszembe... Egyszer egy ipari alpinistával volt szerencsém beszélgetni, amikor csak ennyit kérdeztem tőle:

– Félsz a magasban?

Ő így válaszolt:

– Nem a magasságtól kell félni, hanem a mélységtől.

Na, ezt egy életre megjegyeztem.

NYOLCADIK FEJEZET

Sors és céltudat

Kétségtelen, hogy a sors nem egy megálmodott jövőkép. Nem kézzel fogható, mikor megszülettél. Nem szívod magaddal a tápláló anyatejjel. Nem foghatod másra, hogy ő vagy ő tehet a sorsodról. Egyedül jöttél a világra, és egyedül is kell elmenned innen. Nehéz ez. Azt mondják: „De jó sora van, hisz' gazdag családban cseperedett. Biztosan kitart majd élete végéig a jólét. Mert a sors kegyes volt hozzá." Igen, az. Amíg az tart. De minden változó. S addig kétséges és befejezetlen, míg a sors képes váratlanul valamit mellérendelni. Amire nem számított. Jót, vagy rosszat. A jó mellé akár rosszat, vagy a rossz mellé a jót. Mert hát minden változó, de sohasem befejezett. Átírja az életedet úgy, hogy elvesz és melléd rendel. Vagy csak úgy, hogy elvesz, és többé nem ad. Azt mondom: az egyensúlyt egyrészt a környezeteddel való szövetség harmóniája, másrészt a céltudatod teremtheti meg. Mert hát a jót is valaki felülírhatja, hogy az neki kevés. Van olyan, akinek a kevés is sok. Akkor kérdezem, hol is lenne az egyensúly a megálmodott harmóniában? Benned. A normális életviteledben az abnormális világon felül. Azon felülkerekedve, mint ember. Az arany középút, mondják. De mit teszel ezért? Vagy mi az, amit tehetnél ezért, hogy azt megteremtsd? Az arany középutat. A harmóniát. Azt mondom, építsd a saját énedet vagy mondj le róla. Teremtsd meg az igazi valóságodat, és élj abban egyensúlyban. Harmóniában. A szíved tisztaságával úgy, mint gyerekkorodban.

Valamikor egy tücsköt is tudtál szeretni, annak muzsikáját hallgatni nyári estéken, szerelmes szavak közepette. Kővé válik az álom, ha nem ezt teszed, és nincs tündér, aki feloldja az átkot. Ha a célod ez, ám szorgalmazni fogja neked a környezeted, azt mondom, én a tücsköt választanám. Státuszok, emberi elvárások. Soha nem fogsz megfelelni nékik. Ha egynek megfeleltél, elégedettnek érzed majd magad. Egy darabig. Aztán az életed során az az egy kettőt csinál. Aztán lesz belőle tíz meg húsz, és ne tovább. De hol vagy te? – kérdezem. Mellette azt is: hová lettek az évek, amíg ebben a kényszerben igyekeztél megfelelni? Másoknak úgy, hogy önmagadról mondtál le. Az a vidám ember, aki valaha voltál. Emlékszel? Hm. Aki most prédája sakáloknak.

LGW így vélekedett erről:

Tudatos énem másnak nem létező. Ember, ki körülvesz, sohasem ért meg. Létem arra hivatott, mely határokat sért, és ezek a határok ellenségeket szítanak, kik árulók és hitetlenek. Csorda ez, akik az értékeket hiú ábrándoknak tekintik. De nincs erő, ami felülkerekedhetne azon, amit kaptam, melyet szorgalmazom és élek. Út ez, mely göröngyös, és senki nem tudja, hová vezet. Út, melyet követni hivatott minden halandó, de nem teszik. Fohászuk égbenyúló, pedig a megoldás karnyújtásnyira van. Sorsok, mik nem hagynak néked nyugodalmat sohasem. Égben íratott kegyek, melyek számodra pillanatnyi szenvedés, mik lehetnek évtizedek. Múlni nem látszó kényszerképzet ez, mely valóság, fájdalom, mit ember nem fog fel. Sors irányította végzet. Ellene ne szegülj, rajta ne töprengj. Éld, s hidd, amit teszel, hisz' tenni annyi, mint magadat adni. Hát tedd, amit tenned kell! Tedd, miről álmodtál, s önmagad szeretete megsokszorozódik egy olyan világban, mely szerinted mindenki számára ismeretlen. Pedig ott van. Benned, szavaid súlyában, érzelmeid gyökerében, sorsod kilátástalannak tűnő tudatalattijában, melyet csak te irányíthatsz. Veled van. Veled, kit az ég küldött követeként. Azért, mert évekig fohászkodtál szentek előtt, mikor azt kérted: „küldj egy angyalt". Démoni beteljesedés ez, mely megmagyarázhatatlan valóság. Hiteles szemfényvesztés tudatos és tudatalatti világ között. Rögtönzött privilégium, s tudjuk, nem tarthat örökké. Talán ettől mennyei, furán édeni. Felfogásában varázslatosnak tűnő, száműzött valóság. Nagyon jól tudjuk, vége. Vége onnan, ahol elkezdtük. Vége a mindennapok múltbéli fokozódásától a jelen állott sokaságáig. Vége százszorszép gondolatoknak, vége annak, mit tündérmesék újraélesztenek napról napra. Az idő megvadul, törvényei kudarcba fúlnak. Teszem, nem teszem. Tűz és víz kontrasztja. Álom és valóság. Hit és lét párharca ez. Vajon melyik az erősebb? A hit, mely reményteli? A lét, mely felfokozott?

Köztes tér. Tér, mely elegyed evilági emberek között. Tér, mely a hét-köznapi, reménytelennek tűnő világ. Mégis, mi tudjuk, hogy van kiút. Hisz' hogyan is születtél? Örvénylő, sötét szürkeség vetett véget old-hatatlannak látszó, makulátlan nyugalomnak. A természet törvénye érvényesíti hatalmát és meghozza ítéletét. Születést parancsol test-nek és léleknek, ki ártatlan és döntésképtelen. Kit emberi tulajdon-ságokkal ruházna fel. Felhasználva minden világi teremtményt a tökéletes személyiség kialakulása érdekében. Csalóka fényeket küld a magzat tudatalattijába, mely szikrázó feszültséget gerjeszt a még lélekben meg nem valósult sarjnak. A lázadó ellenállás feleslegesnek bizonyul, hisz' a mindent uraló természet felfokozott vágya kérlel-hetetlen. Ösztönszerű reakciókkal a világra csalja a magának szánt alanyt. Alanyt, mely személyiség nélküli, sorsa ismeretlen, érzelmei fejletlenek, érzékei tompák. De lélekben egyedi és megismételhetet-len, s csak nevet kapott.

EMBER, mi a teremtés legtökéletesebbnek szánt egyede. Mégis oly kevés, ki igazán az lenne, minek megteremtette az Univerzum meghatározó folyamata, s azt tenné, mire hivatott. Minden lélek egy új reménység, akit a sorsa állandó kihívásokkal áldoz majd az élet ol-tárán. Várva azt, mikor adja fel, s vajon igazán megfelel-e a termé-szet elvárásainak. Mert hát ilyen a természete.

LGW lassan tanult tőlem, a szerzőtől. Egyedül volt, ezért nem tehettem, hogy magára hagyom, hisz' én alkottam, én voltam a családja. Céltudatos életet szántam neki. Sohasem árultam el neki, mi lesz annak az ára. Gondoltam, megbirkózik vele. Az élet kérdezni fogja minden egyes nap. A választ neki kell meg-találnia. Csak így alakítható a természetbeli személyiség a tö-kéletességre törekedve. A tűzön-vízen át. Így válik a céltudatos énje erősebbé, s remélem, a javát szolgálja majd, hogy helytáll-jon, amikor arra szükség lesz. Mindig nyomás alatt volt, de nem feladta, hanem kardforgatásra adta a fejét. Azt vallotta: a kard útja a lélek útja. Megtanulta, mi az elme szabadsága, és mi az, hogy mozdulatlan víztükör. Azonosulni tudott a természettel, s lényét átadta annak tisztaságának. Értette és felfogta annak rezgéseit. Sohasem bántott senkit, hisz' a harcnak az edzőte-remben volt a helye, ahol mesterétől megtanulta, hogy fegyverét csak a legvégső esetben használhatja. Azt mondta: „A nyelved a kardod. Először győzd le az ellenfeledet kard nélkül. Aztán már nem kell, hogy megvágd őt. Sanyargasd, ha követ dobott a mozdulatlan víztükrödbe. Tartsd nyomás alatt, és el fog andalogni bosszúsan. Ebben az a jó, hogy senki nem halt meg. Cél és tudat. Tudat és cél. A céltudatos élet alapja. Hogy az lehess, amivé válni szeretnél."

LGW elhatározta, hogy elnyeri az LG. Whitelord címet. Álom volt csupán, de mint tudjuk, az álmokból célokat lehet kovácsolni, és a célok megvalósíthatók. Persze kellő kitartással.

KILENCEDIK FEJEZET

A gyötrődés örvénye és a magány

Látom a gondolatot. Ki nem mondott szavak súlyát érzem. Látom a láthatatlant. Látom az ellenséget és a kedvest. Látom, hogy a kedves már láthatatlan. Az ellenségnek súlya van. Érzem nehézségeit. Érzem, a gondolatot, mi napról napra feltüzel. Vagy az elemészt majd. Mert látom a gondolatot. A ki nem mondott szavak súlyát érzem. Az ellenséget, aki nem létezik. Mert súlytalanná válok, s nem vívok csatát a széllel, és nem állítom meg a vihart, mert én vagyok maga a vihar. Nem mennydörgés, hanem szivárvány. Kellemes zápor után illatvarázs, szépség és megfoghatatlan esszencia. Nem választottja az elutasításnak, hanem természete a választott befogadásnak. Része a boldogságnak. Csak az vagyok, amit választasz belőlem. Vagy annyi maradok, amennyit elveszel belőlem. Bizony, LGW annyi maradt. A szakadás csókja évről évre kivéreztette belőle az életerőt. Nyolc évig küzdött, aztán jött a COVID. Megszűntek a lehetőségek és a pénzforrások. Mindent megtett. Megmérettetett, de kevésnek bizonyult. Kétségbe esett. Elfelejtette, hogy ez csupán azon a szinten történik, ahol éppen van. Bizony el kell valahogy hagyni azt. Csakhogy nyolc év hiányosságai elhatalmasodtak. Az örvénylő napi megpróbáltatások húzták lefelé. Egyedül, fáradt magányában. Lassan felgyorsult az enyészet felé vezető út. Apránként minden tönkrement. A háztartásban a megszokott életvitelhez szükséges eszközökkel kezdve, a közüzemi szolgáltatók jogos követeléseivel még nem befejezve. Hisz' napi bejelentésekkel foglalkoztatták évekig, s valami oknál fogva a keletkezett járulékokat is személy szerint rávasalta az illetékes hivatal. Pedig ő csak dolgozott, hogy kilábaljon. Volt, hogy két-három helyen is egyszerre. Egyik után ment a másikba. Vendéglátás, építőipar, virágkötészet, de nem volt elég. A magány egy olyan plusz teher, amit a családban élők el sem tudnak képzelni. Első gondolatuk az, hogy egyedül vagy, s így semmire sem kell költened. Mert rajtad kívülálló okok miatt egyedül maradtál. Biztos ezt akartad. Persze.

Csak vegyük már tudomásul, hogy a család egyfajta gazdasági életközösség. Ott, abban mindenki kiveszi a részét a háztartás működtetéséből. Ellenben aki magányban él, ezt nem mondhatja el, hisz' az „egyedül" fogalmat semmilyen közösségnek nem lehet nevezni. De rá ugyanúgy vonatkoznak a kötelezettségek. A befizetni valók, a kifizetni valók. Csak őt nem várja senki vacsorával. A különbség az, hogy ő nem tervez. Egyszerűen túlél. Nem megy nyaralni, nincs karácsonya, húsvétja vagy ünnepei. Nincs, akivel megbeszélje nehézségekben, hogy akkor hogyan tovább. Senkihez nem fordul, ha szükségét leli valamiben, és senki nem visz be neki egy pohár vizet, ha éppen gyengélkedik vagy beteg. És senki nem vigasztalja meg cirógatva, ha fáj, mert valami miatt összetört a szíve. Csak tűr. Hol éhesen, hol átfagyva, sokszor könnyek között. Gyötrődik, és szeretne kilábalni. Keresi az utat. Mert ha csupán dolgozik, az nem elég. Sovány vigasz hétről hétre. És a gyötrődés végén, mint befejezett állapotot, feladod. Az életet, ha nem hiszel. Mert már nem akarsz gyötrődni tovább. Elengedsz mindent, s csak az utca marad. Lemondasz a méltóságodról, hogy elviseld a magányt és a gyötrődést. Akkor majd oda fog lépni valaki, aki ígéri: segít. Tudatmódosító szerekkel, porokkal és füvekkel. Ő nem a sárkányfű-árus…

LGW erről így vélekedett, és soha nem engedte közel magához az efféléket:

Ebben a hitevesztett világban senkit nem fogok alábecsülni, vagy értékei felett pálcát törni. Hiszem, hogy minden úgy tökéletlen most, ahogy van. Minden szemfényvesztés és káprázat. Nem eredeti valóság. Kapálózás a hiábavalóságokért. Ki-ki abba menekül, amibe tud. Csak végre már… Lássam, érezzem a megváltást. Boldoguljak. Hiszem, hogy jó, mert a többiek is ezt teszik. De nem, én sokkal különb vagyok, mint a többiek. A tükörben – de ugyanazt teszem, mint a többiek. Akkor mitől vagyok különb? Hát nem tükröt kell cserélned, hanem valóságot. Ne menekülj előle. Utol fog érni. Vagy tedd.

Menekülj. Drogba, fűbe. Ötszáz forintos, permetezett kemikáliába, hogy még azt is elfelejtsd, ki vagy mi elől menekülsz. Mert már nem ismered fel, hogy igazán mire is lennél képes. Szeretem a füvet. Mikor kedvesemmel beleheveredek a nyugalom pázsitszőnyegén. Szeretem a herbát, mikor gyógyít engem, ha lábadozom. Szeretem az orgona illatát, mikor felálltam anyám terített asztalától a rántott hús után. Szeretek elgondolkodni közben azon, hogy hogyan is legyek jobb. Azt akarom, és el is fogom érni. Ha sikerül, azt az érzést semmilyen fű vagy drog nem helyettesíti. Eufória. Erről hallottál már? Siker. Na, ezt add el, haver! Félsz tőle, mert ha valami, ez ütős. A gyengéknek ez örökké fogalom marad. Ez a tökéletes természet a világ tökéletlen időszakában. Ahol az emberek menekülnek az ostobaságba. Mindezt úgy, hogy énjeiket elfeledve képesek csordában haladni a sehová, pusztán anyagi meggyőződésből. Miért? Mert mások így teszik? Kérdezd meg tőlük. Talán elmondják majd.

Bizony, ott volt a COVID, ami felszántotta a megszokott élet táptalaját.

LGW a koronavírus kapcsán csak így dünnyögött:

Min csodálkozol? Hogy lassan egyenlő lesz az úr szemében mindenki? Megeheted a pénzedet. A valóság tükrében nem leszel sem több, sem kevesebb. Csak pont annyi maradsz, ami most vagy. Azt mondják, a halál ingyen van. Tévednek. Még mindig az életeddel fizetsz érte, bárki vagy is. De miért is? Mert a kihívással teli élettel szálltál szembe. Megerőszakoltad azt. A halál az élet része, így nem az a baj, hogy mit cselekedtél, hisz' mind meghalunk egyszer. A gond az, hogy a halálnak sok arca van. Eldönti majd, melyikkel mosolyog vagy grimaszol rád. Mert megerőszakolta azt a „mindent tudok" hölgyemény és uraság. Mert hát mindenhatónak érzi magát nő és férfi egyaránt. Ez gyámoltalan létkép. És láss csodát, menekülj és fuss vagy maradj veszteg, vagy ha mindenhatónak érzed, magad állítsd meg a szelet, mint az előzőekben az már említésre került. Ezen mit nem értesz, hisz' mindenható vagy? A kényelmes valóságod felemészt majd, ha hagyod. Egy kiút van: a belátás és a felismerés. Belátom, hogy elengedhetek dolgokat, mert megtehetem. Felismerem, hogy ez az, ami piedesztálra emel engem. Ha nem teszem, megöl a saját magam által gerjesztett-futtatott nagyképűségem. Most min

*csodálkozol? Azon, hogy végre sikerült ismét őszintén szeretni ön-
magad úgy, mint a valóságot, és nem megvásároltad azt a pénze-
den? A belátásoddal nyerted vissza az emberi méltóságodat. Ez a te
valóságod, hát éld.*

TIZEDIK FEJEZET

A bűntudat

Elhatalmasodott benned. Megfosztott az életedtől. A mágia az életedben, ami megkeserít, mert nyomot hagyott rajtad a szakadás csókja. Önmarcangolás ez, nem más. Hisz' miért is érzed a magányt? Azért, mert a létedet másokra alapoztad, hogy önzetlenül bizalommal segíts nekik felépülni. Mondván „először te, azután én leszek az, akit megvalósítunk". Sohasem érezted a magányt, pedig egyedül voltál évekig. Most akkor mi történik veled? Eluralkodott benned a bűntudat. Hogy sokszor nem voltál ott, ahol kellett volna, hogy legyél. De ez csak a te fejedben létezik. Nem lehettél ott, mert nem is kellett, hogy ott legyél. Ha tényleg ott kellett volna lenned, akkor ott is lettél volna. Az életnek nem az volt a célja hogy édesanyádat, édesapádat megmentsd. Nem volt célja az, hogy ne tudd elengedni azokat, akiknek menniük kell. Azt is, aki önszántából hagyott faképnél. Mások történései vagy döntései, megesett sorsai gúzsba kötnek, és nem akarják, hogy el tudd engedni őket. Azért, hogy talpra állj végre, hogy ismét önmagad lehess. Ingoványba húznak az emlékeik. Ez az, ami visszahúz, és drága perceidet, éveidet rabolják el tőled. Egyedül vagy. Akkor, ilyenkor ki a fene törődik vagy foglalkozik veled? A bűntudat. A mindennapi gondolat, igaz? Hány évet akarsz még feláldozni hiábavalóságokra? Persze nem kezdheted újra, de folytatni azért lehet. Minden és mindenki befolyása nélkül. A tudat az elme szabadsága. A mozdulatlan víztükör. Nincs bűn benne. Talán hibák lehetnek, melyeket ki lehet javítani. De nem bűn, amiért neked bűnhődnöd kellene. Nincs bűntudat, mert a tudatalatti éned felülírja azt. Akinek nincs árnyéka, az nem is létezik. Azért, hogy a lelked ismét szabad legyen. A lélek szabadsága a tiszta lelkiismeret is egyben, ahogy a legpuhább vánkosod is az. A tiszta lelkiismeret. Nem az a fontos, hogy mások mit gondolnak rólad, vagy az, hogy a létedről milyen megjegyzéseket tesznek nap mint nap. Nem ez fog meghatározni téged, hanem az, hogy te mit gondolsz magadról. Megtettél-e mindent, hogy tiszta lelkiismerettel pihenj le fárasztó napod után? Mert ha igen, az ajándék. Ha azonban a bűntudat gyötör, nos, ezt az ajándékot soha nem fogják hagyni, hogy kicsomagold. Pedig ezt te kaptad. Csak a tiéd.

Azért ne érezd áldozatnak magad, hisz' már feláldoztak mindent a létező célért. Célért, ami tényleg téged határoz meg. Nincsenek elvárások. El kell engedned az árnyékokat. Lépj a fényre. Ott a szabadság. A bűntudatot te teremtetted magadnak. Az élet csak hozza a valóságot. Ez ennyibe került. Bizony, vannak járulékos veszteségek, de ki kell lépned a nagy árnyékból. Mert az, amit az árnyék generált, nem a te valóságod, hisz' csak a képzeleted táplálja a bűntudatod. Két út van: az egyik nem vezet sehová. A te döntésed, melyikre szeretnél lépni, mint azt már említettem. Hisz' nézd, mi szép? Amit látsz, vagy amit elképzeltél? Mi szép? A valóság vagy az életed? A valóság mindig édes-keserű. De kegyelmes is lehet. Az életedhez. Ha kiegyezel, vele, talán még lehet saját életed. Ha nem ezt teszed, menekülésnek hívnám. Menekülés a saját öntudatodtól. Menekülni mindentől, ami szép. Mert azt elérni, viselni kockázatos. Benne élni, megvalósítani azt. *Ha nem kell tennem érte, kényelmes.* Pedig az „elgondolom" annyi, hogy „már tudom, de nem tapasztaltam igazán". Ha a kihívásnak nem tudok megfelelni, na, az kényelmetlen lesz, mert sérti az öntudatomat. Menekülök, mert valamit oda kell adnom érte. Le kell mondani valamiről. Viszont a szabad akarat azt diktálja, hogy élni akarok. A kényelmemben. De ez csak akkor lesz valóság, ha nem másokra hagyod. Ha másokra hagyod, nem lesz más az életed, csak irányított szabadságvesztés egy boldogtalan jövő felé. Üres értelem, nem szabad akarat. A döntés szabad akarat. Befolyás nélkül. Ez nem más, csupán annyi: ember maradtam, és még képes vagyok szeretni. Vallom, hogy amikor egy pillanatról van szó, akkor az életünkről van szó. Mert hát próbáltad a szemeddel nézni a világot, egyszer csak nem hittél neki. Pedig a szemed a helyén volt. Amikor próbáltad a kezeddel megfogni azt, amit a szemednek nem hittél el, érezni kezdted, hogy a valóság nem egy gondolatból származó hiábavalóság, hisz' megfogtad. Érezted azt, hisz' ott volt a kezeid között. A lehetőség. A boldogság lehetősége. A valóság. Ugyan mi a tiéd belőle? Amit a szíveddel érzel, csupán az. Ne bűnhődj, nincs miért. Éld, fogd meg a pillanatot és kapaszkodj a gyerekkorod tisztaságába. Az őszinte volt.

A tudatalatti találkozás

Hittem abban, hogy a szerzőm keresni fog. Hittem abban, hogy kérdései lesznek felém. Hogy találkozhatok a tudatalatti énemmel. A szerzővel, a gondolatvarázslóval. Aki létezik, és éli a saját életét. Látom a mozdulatlan víztükörben a lehetőséget erre. Ez a pillanat nem adatik meg mindennap. Ki kell várni azt. Az a pillanat nem lehet fagyos, nem lehet zord vagy üres. Nem lehet befagyott víztükör, vagy téli fenyvesek hallhatatlanságát tükröző nyugalom. Az alvó szépség megfagyott ádventje. Hisz' olyankor a mínuszok zárják a fagyos szél kelepcéjébe a mondanivalót. Ki kellett várnom az időt, hogy tökéletes legyen a pillanat ahhoz, hogy tisztán halljam az üzenetet. A hold fénye elárulta nekem azt, mikor eljött az a pillanat. Akkor útnak indultam, hogy a Földanya megannyi csodája utat mutasson nekem. Nem vittem mást, csak egy lámpát, kis elemózsiát, némi innivalót. A kis autót, Bogit otthagytam a hegy lábánál, a szálloda előtt. Az öreg, fekete kisautót, Bogit. Sosem hagyott cserben, bár hisztis volt. Szeretni kellett csak.

Kicsit féltem, bár inkább izgatott voltam. Amiatt, hogy mi vár rám a bércen túl. Összekészítve a menetfelszerelésemet elindultam az ösvényen, ami a hegy túloldalára vezetett. Ahol kis szerencsével megtalálhatom a mozdulatlan víztükör igazi arcát, s benne a rezgést, amivel kommunikálhatok a szerzőmmel, a tudatalatti énemmel. Az út nem volt ismeretlen, hisz' azt sokszor végigtúráztuk a lánnyal, aki a szakadás csókjával véget vetett az épületes harmóniának. Azonban a természet mindig változtatja arcát. Ha azt láttad, kis idő elteltével azt már nézheted. Nem az. Ismeretlen szemfényvesztő. Az az ösvény már nem létezik. A fák, cserjék utat törtek maguknak és minden átalakult. A természet éli a teremtett szabadságát. Ezt szerettem volna megtanulni tőle, hisz' a természet része vagyok. Bizony, az sokkal okosabb, mint azt az emberek hinnék civilizált környezetükben.

Kilométerek után rátaláltam arra a fára, ami egy gyökérből eredt és három vastag, elágazó törzset nevelt a hegyoldalon. Nem először találkoztam vele. Tündérfának neveztem el, még a szakadás csókja előtt. Immáron egyedül kell, hogy megérintsem méltóságos törzseit. De most tündébb volt, mint valaha. A lámpám erőforrásai kimerültek. Azt hittem, vaksötétben kell folytatnom utamat. Abban a pillanatban szentjánosbogarak világították meg a tündérfát, a hold pedig a csapást. Féltem és letérdeltem. Először azt kérdeztem magamtól:

– Mit keresek itt?

Behunytam a szemem és láttam a választ.

– Nem keresni jöttél, hanem találni. Megtalálni a valóságot. Találkozni az egységeddel. Ahol a tudatos éned felismeri a tudatalatti fontosságát.

Egy apró könnycsepp csordult végig az arcomon. Mélyet lélegeztem, hogy fel tudjak állni. Percekig bámultam némán magam elé, mire képes voltam továbbindulni az ösvényen. Egészen a hegygerincig, ahonnan láthattam a hegy másik oldalát. Egy völgy volt előttem, de vastag, fehér pára lepte azt. Lefelé indultam, s közben – hogy kissé oldjam a belső feszültségemet – viccesen megkérdeztem magamtól:

– Akkor ez itt a Tejút?

Sűrű, ködszerű, fehér csoda volt, ami hömpölygött a szemem előtt. Lejjebb érve a sziklás, vízmosta talajon tisztulni látszott a táj. Egy idő után mintha elvágták volna ezt a ködös jelenséget, eltűnt. Ismét élesen láttam az erdő megannyi hajnali szépségét. Tudtam, hogy hamarosan virradni fog. A madarak dalolni kezdtek, ami kicsivel később hangos rivalgásba csapott. Száraz gallyak ropogtak őzikék, szarvasok és más erdei lakók lábai, patái alatt. Ébredezett az erdő. A keleti horizont vörös, később rózsaszín pompában díszelgett, színes szőnyeget terítve a felkelő nap tiszteletére, hogy az ő fényessége bearanyozza az időt, a napi életet. Végre leértem a hegy lábához. Mögöttem csúcsosodott a bérc, amin keresztül gyalogoltam. Éreztem hatalmas erejét, és azt, hogy milyen pici vagyok. Tiszteltem. Egyszer csak megszűnt az ösvény előttem. Sűrű galagonyás vezetett vadrózsacsaládokon keresztül egészen addig, míg vérző karmolásokkal a végén megpillanthattam. Ott álltam lenyűgözve. Ott, a mozdulatlan víztükör előtt. A vérem cseppent, de észre sem vettem. Néhai édesanyám arra tanított, hogy nem kell mindent észrevenni.

A néma víztükör feszült előttem. Néhány párafelhő úszott a tetején, alig érintve annak nyugalmát. A felkelő nap beragyogta azt. A szeretet színeivel kettéválasztotta a vizet és a párát, aranysárgával és törtarannyal simogatva a sziporkázó varázst. A pára ezt megköszönve elillant. Már tisztán láttam, ahogy a nap csillámlik a víz tükrében. A tó partján álltam. Tövisek, szúrós tüskék sebezte kezemről folyt a vér. Egy-két csepp belecsordult a mozdulatlan víztükörbe, ami elnyelte azt, magába fogadva. Beljebb merészkedtem. Lopakodtam. A nádas meg-megmozdult, mikor a vadkacsák családostól úsztak a tó közepe felé. Bukdácsolva keresték a reggelit. Mások egyszerűen belegázoltak. Csupán egy pillanat volt, aztán megint csend. Szinte mozdulatlanul ringatóztak, ahogy színes tollaikat csipegették, tisztogatták azokat a feszített víztükrön. Éreztem a tündéreket. Amikor a kacsák elúsztak a tündérrózsa mellett, annak nagy, lapos levelei finoman dédelgették a víz nyugalmát.

Nymphaea alba. A fehér tündérrózsa. A virág szirmai épp nyílni készültek a nap hívó fényére, ami fehér és halvány rózsaszín pompával fedte be a víztükör átláthatatlan mélységét, szirmaival terített asztalnál való reggelit kínálva méhecskéknek és más egyéb szárnyasoknak. Gyönyörű volt a feltétel nélküli valóság. Elhinni azt, hogy én is a természet része vagyok. Nem bántott és nem utasított ki magából. Csupán elém tárt egy csodálatos világot, ahol nem kellett mást tennem, csak a víz tükrébe néznem. Látni annak szépségét. Kérte, hogy maradjak ott. Megengedte a mozdulatlan víztükör, hogy gondolataim megszelídüljenek. Hogy láthassam a tudatalatti énemet, a gondolatvarázslót.

Leültem és vártam. Semmi sem történt. Egy idő után levettem a cipőmet és a zoknimat, és mindent, ami a testemet óvta.

Úgy álltam a tó partján, ahogy az Úr tisztán megteremtett. Óvatos léptekkel mentem az arany középúton. A víz tükrében a szikrázó nap sugarai utat mutattak. Hívott engem a ragyogás. Halk csobbanásokkal lépkedtem előre. Nem féltem soha a magasságtól, a mélységtől bizony igen. A tó közepén három tündérrózsa lebegett a víz tetején. Hatalmas fehér virágaikkal uralták a tó egy részét. Fenséges, nagy, lapos leveleik a víz tükrén ringatóztak, védve a tündéri szentháromságot, hogy képviseljék a Teremtő megvalósított gyönyörűségét. A nyakamig ért a víz, és előttem volt még vagy tíz méter. Úszni kezdtem, hogy odaérjek. Egyre hínárosabb lett a tó fenekéből feltörekvő növénykultúra. A lábaimra tekeredtek azok, jelezve, hogy nekem ott nincs semmi keresnivalóm. Beúsztam, és pár karnyújtásra voltak a rózsák. Behunytam a szemem és azon gondolkodtam, hogy feladom. Visszafordulok. A másik gondolatom az volt, hogy „ott már voltál, akkor most miért tennéd?". Próbáltam tovább úszni, de a hínártól nem tudtam szabadulni. Minél jobban szerettem volna, annál inkább rám tekeredett. A víz tükrén tartottam magam, kicsit kétségbeestem félelmemben. Itt a vég. Láttam a tó partját, ahol fodrozódni kezdtek a hullámok. A nyugodt, feszített víztükör új arcát mutatta. Hirtelen erős szél kerekedett. Egyre jobban felkorbácsolta a tó tükrét. Már nem volt olyan békés, mint amikor beleléptem. A nap egyre magasabbra emelkedett. *Ez a nap is telik* – gondoltam. Kicsit meg voltam ijedve – na, jó ez így nem igaz. Nagyon. Arcomat csapdosták a hullámok. Közben arra gondoltam: nem keresni jöttem ide, hanem találni. Egyszer csak a viharos szél fodrozta hullámok elsodorták a rám tekeredő hínárokat. Egyszerűen elengedtek. Tovább úsztam, és odaértem. Csak bámultam és csodáltam eme mennyei szépséget. A tündérrózsát. Éreztem a békét, melyet természetessége árasztott. Nem mertem megérinteni sem. Elgondolkodtam azon, hogy ez a virág a tó alján kezdte életét. Méteres, hosszú, csöves száraival most virágot nevel a víz tükrén. Azért hogy meglepjen minket gyönyörűségével, szimmetrikus jelenével. Csak hogy az arra járók elgondolkozhassanak azon, hogy igen, van még tökéletes. Ez minden virágra igaz. Este szirmait összezárja, reggel ébred, és nekünk virágzik.

A pompás tündérrózsa. A Nymphaea alba. Odaértem, de nem kaptam választ arra, amiért mentem: hogyan találkozhatok a tudatalatti énemmel, a szerzőmmel. A szél lassan mérsékelte erejét. Ott lubickoltam a tavirózsák körül. Már magam sem tudtam, miért. Aztán egyszer csak belenéztem a szemébe. Az aranysárga bibét néztem, míg a rózsa csak ringatózott a vízen. Behunytam a szemem, és akkor hozzám szólt:

– Nincs itt keresnivalód. A kutat keresd. Nem itt fogod megtalálni azt, amit kutatsz, ha csak nem hiszel benne. Ha nem hiszel benne, úgy én csak egy állomás vagyok. A kutat. A mélységet. Azt keresd. Mert látod, hogy a mélység nevelte virágaimat szeretetteljessé. Gyönyörködhet bennük mindenki, aki erre jár – ha jár.

Kissé magamhoz térve, bátorságomat összeszedve megérintettem hófehér, bársonyos szirmait. Mindhárom virágfejnek megsimogattam bölcsességét. Nem ellenkeztek. Elfogadták érintésemet. Majd békéjüket meghagyva kiúsztam a partra. Kicsit csalódottan öltöttem magamra ruháimat, közben a kutat kerestem a fejemben. Visszaindultam a bérc felé. Szikrázott a nap, szinte égetett. Szerencsére az erdő árnyékot adott kellemes, hűvös leheletével. De a kúthoz nem volt térképem. Leszökdécseltem a hegyoldalról a szállodáig, ahol hűséges társamat, Bogit, az autómat hagytam. Csak ő várt rám, aki még sohasem hagyott cserben. Nem találkozhattam a szerzőmmel, így tényleg csalódottan tértem haza. Ha azt egyáltalán otthonnak lehetett nevezni. Nem a lakás volt lakhatatlanul sivár, hanem az atmoszférája annak. Az üresség.

Szóval egyfajta kutat kell keresnem. Mókás, de elérkezett a szeretett napunk, a hétfő. Egy munkás hét kezdete megint, a megélhetést szolgáló betevőért ismét. Más-más helyszínre mentünk, hol bontani, falazni, meg minden, ami ezzel jár. Amit a főnököm fizetett nekem, nos, azzal ő elégedett volt. Hm. Ennyit ér a bőröm, hogy szolgáljak néki? Ennyit. De rendes volt: nem hagyta, hogy éhen haljak. Becsületére váljék. Minden borítéknak, amiben a fizetésem volt, addig örültem, míg ki nem bontottam azokat a borítékokat, amiket a postaládámban találtam hétvégenként. Tudtam, meg kell találnom azt a kutat, s vele a szerzőmet, mert az idő ellenem fordult s felemészteni kívánt engem. Kezdtem súlytalanná válni, hisz' gúzsba kötött a teher, amit a postaláda termelt. Már ki sem bontottam a leveleket. Nem volt értelme. Nem bírtam az állandó nyomást. Éppen ezért nem tudtam összpontosítani a megoldást jelentő gondolatra. Így elhatároztam, megkeresem én azt a kutat, mert csak ott találhatom meg a gyógyírt sebeimre, fájdalmaimra.

Egy keddi nap éjjelén mindenféle álmok gyötörtek. Olyannyira, hogy amikor felébredtem, már csütörtök volt. Átizzadtam éjjelt és nappalt. Nem tudom, hogyan történt, hisz' előtte ez sohasem esett meg velem. Nem győztem magyarázkodni a főnök előtt, hogy beteg voltam, ezért nem mentem dolgozni. Az akkori hosszú alvás utáni ébredés élménye az volt, hogy megtaláltam a kutat. Álmaim során saját kútfőből meríthettem. A tudatalattim harmonikus táncát járta a tudatos énemmel az idő alatt, míg mély álomban voltam. Megvolt a mélység, amiből szeretnivaló virágokat nevelt a Lótusz abban a tóban. A Nymphaea alba. Megértettem üzenetét. Láttam és éreztem az összefüggést. De vajon hogy találok rá ténylegesen a szerzőmre? Pénteken, őszintén elmondtam a főnökömnek, miért nem mentem dolgozni. Akkor minden egyes órával összezavarodottabb és homályosabb lett az út, amit kerestem – vagy talán megtaláltam. A tudatos énem a tudatalattim ütemes táncát járta harmóniában, egységben. Éjszakánként alig tudtam aludni. Vártam a szombat hajnal fényeivel a keleti égbolt pirkadatát. Szaporán lépkedtem, majd rohantam az ismert ösvényen egészen a tündérfáig. Már távolról megpillantottam, ahogy elválik a természet egységétől. Az ismét felkelő nap sugarai vörös ragyogással nyalábolták körbe ágait, annak leveleit, habitusát a harmatos erdő csillámló sziporkázásával. Úgy éreztem, engem vár, s így tiszteleg nekem, hogy ismét meglátogatom méltóságos derekát bölcs törzseinek. Tudtam, hogy nem kell ismét a tóhoz mennem a bércen át, hisz' előző utam során kérdeztem a tündérfát:

– Mit keresek itt?

Akkor, ott már láttam a választ, amit a tündérfa üzent nekem.

– Nem keresni jöttél, hanem találni. Megtalálni a valóságot. Találkozni az egységeddel. Ahol a tudatos éned felismeri a tudatalatti éned fontosságát, erényeit, erejét, annak méltóságát. Ami egyben a megismételhetetlen archetípus. Nincs több ilyen. A mélységből serkent, ahonnan virágot kell nevelned. Kétségtelen, hogy a hiábavalóságokba nehéz kapaszkodni. Kétséges, hogy a terved célt ér-e majd. De az kétségen felüli, hogy a szerződet magadban fogod megtalálni. Az egységedben. A valaha született L. G. Whitelordban, akit még nem valósítottál meg. Lehet, sohasem fogod, mert nem is létezik. A szerződ hívta életre neked, hogy tápláld őt és biztasd, hogy megvalósítson téged. Hogy létezhessen L. G. Whitelord. Három tündérrózsát találtál, valamint egy gyökérből magasló, háromtörzsű szilfát. A mélységből a tavirózsán át a magasba nyúló ágakon, hajtásokon át eljutottál a felismerésig a fényes pompában úsztatott tündérfa levelein keresztül. Eljutottál addig, hogy felismerd, ellenséged nem más, mint a kétség. A barátod az egység és a mindenség. A fehér virág. A tündérrózsa, ami egy tőből három virágfejnek adott életet. Továbbá a tündérfa három törzset nevelt. Egyes lombkoronáin három sas rakott fészket, megannyi fiókát a világra csalva. Te január 3.-án születtél. Akkor mit nem értesz? Azt, hogy csupán a hétköznapi valóságot igyekszel megérteni. Ha így teszel, az sohasem fog menni, az sohasem lesz egyensúlyban, mert a körülmények szabályozzák azt. Azt sakálok fogják uralni, ha hagyod. De te nem ezt akarod. Ezért kell hallgatnod a természet suttogására. A természet tudja a dolgát. Egyensúlyban van. Harmóniában él. Veled is ezt tenné, ha képes vagy a részévé válni, hisz' őszerinte a része vagy. Szeret és elfogad téged, mint embert, bár semmibe veszed olykor. Miért? Hisz' eltart téged akkor is, ha egy vasad sincs. Viszont kell szeretned őt. Nem szégyen azonosulni vele. Nem szégyen a civilizált környezetedből ledobni egy darabot ezért. Abból a státuszból, amit kollégáid s a szomszédok – a környezeted – elvárnak tőled. Ugye, a társadalmi morál. Hidd el, méltóságteljesebb leszel akkor, ha hagyod, hogy építsen az őstermészet. LGW. Ne keresd tovább a szerződet, mert ő ott van benned. Teszi a dolgát. Azt nem mondhatnám, hogy dőlj hátra a fotelodban és nézd, hogyan kínlódik. Ha ezt teszed, te is szenvedni fogsz majd. Segíts neki. Magadon segítesz. Ami neki fáj, neked is fog. De az ő öröme a tiéd is, és a tiéd az övé is. Segíts neki. Hálás lesz érte. Amikor eljössz ide, valamikor talán, már lehet, hogy nem fogok tudni üzenni neked. Nem fogok mondani semmit. De néma barátod leszek majd. Mint mindenkinek, aki erre jár. Beúsztál és megérintetted a tündérrózsát, így nyílhattam meg neked. Nymphaea üzenni fog – hangoztatta a tündérfa az őstermészet hangján.

Abban a pillanatban rakott fészkükre szálltak a sasok. Megrázták a lombkoronát, ahonnan apró ágak, levelek potyogtak a fejemre. Mennem kellett. Tudtam, a tündérfa nem lesz más, csupán csak egy fa az erdő fái között. De nem akármilyen fa. Nem láthattam, és nem is akartam tudni a jövőjét. Azt tudtam, hogy túlél engem. Utat mutatott. Éppen elég lesz azt végigjárnom. A tündérfát szürke, hamvas lepel takarta. A fény ezüstösen csillogtatta testén a ruhát, amit kapott. Vaskos kérgét. Az erdő körülöttem kihaltá vált szinte, pedig nem – csak megnyugodott. Éreztem benne a mozdulatlan víztükör üzenetét. Csendben, nesztelen szedtem lábaimat, a völgybe, ahol Bogi várt. Minden átértékelődött bennem. A létszemlélet, a hovatartozás, a „miért élek?". Hetek teltek el. Éjszakánként a tudatalatti szerzőm gondolatai nyomasztottak. Aztán egy idő után már nappal is. Teremtett tudatalattim bennem élte az életét. Amikor ő pihent, én dolgoztam fel, amit ő kapott nap mint nap az élettől. Igyekeztem magamban elmélyíteni a bölcsességet, melyet az évgyűrűk a tündérfába véstek, de tudtam, hogy a szerzőm szenved. Éreztem. Minden egyes nap láttam, amikor a tükörbe néztem. Láttam, hogy régen volt az az idő, mikor boldog volt. Hát így találkoztunk. A tükörben. Én, L. G. White Doublejú, erőt adtam neki, hogy képes legyen megvalósítani engem, Large Genius Doublejút. LGW-t. Hogy megszülethessen a közös életünk L. G. Whitelordja.

Az üresség

Az angyalok kegyeltjei című fejezetben taglaltam, hogy mi jutott eddig nekem. Amikor is az angyalok megkérdezték:

– Mi keresnivalód van neked közöttünk? Ott, ahol sosem voltál. Semmi. Önmagad csupán.

Ordított a kontraszt. Idegen világ volt, s nekik az enyém. Az enyém üres volt. Egyszerűen üres. S még üresebb lett, mikor a tükör megsúgta, hogy tulajdonképpen a szerző része vagyok. Együtt kellett élnem vele. Nem tudtam, hogyan. Néztem, mint kívülálló, hogy telnek közös napjaink. Mérhetetlen üresség töltötte ki a hétköznapokat a semmivel. A tükör egy végeláthatatlan mélységbe húzta a tekintetemet, mely napról napra szarkalábasabb tekintettel nézett vissza rám. Üres értelemmel. Láttam a szerzőt és önnönmagam abban a tükörben. Nem tudtam, melyiknek higgyek. A tudatalatti jelennek, vagy a tudatos énemnek a jelenben. Mindkettő a tükörben volt, melybe belenéztem. Elgondolkodtam azon, hogy az ébredéssel éjszakai álmaimat valósan le tudnám-e írni. Jegyzetelni akkor, abban a pillanatban, ha erőm azt engedné. Azt gondoltam, reggel majd leírom. Persze reggel már nem emlékeztem rá, hisz' a tudatos énem számára más volt a fontos. Fogkefe, meló stb. Rég elfelejtettem, hogy a tudatalattim mit szólt hozzám éjjel. Pedig ha akkor éjnek idején papírra vetem üzenetét, nos, nem állnék ismét üresen a tükör előtt. Még közelebb kerülhettem volna a szerzőmhöz.

Az üresség egy végeláthatatlan tér és idő, mely megfoghatatlan. Az Univerzum része. Velem együtt. Olyan, mint a képzelet. Vagy mint a végtelen „akarom". A hétköznapok kérlelhetetlen vágya, akarata. A tudatos én mókuskeréknek hívná, de a tudatalatti együttműködésével lehetőség nyílik arra, hogy végre egységes öntudattal valósítsd meg önmagad. Hogy tudásod harmóniában kamatoztathassa a személyiségedet. Hisz' egyedülálló, megismételhetetlen vagy. Mindannyian azok vagyunk. Egy lélek egy testben egy archetípus. A test szabadsága a szellem és a lélek tisztasága. Hogy tudom, mit miért teszek. Hogy képes vagyok látni az ürességet és képes vagyok arra, hogy feltöltsem azt építő tartalommal. Az ürességet. Üres tankkal akkor jutsz előrébb, ha járművedet tolja vagy húzza valaki. Amúgy csak egy tehetetlen vasdarab. Az értelem képes csak az ürességet feltölteni. Az üres elme ürességet szül majd. Üres, hiábavaló tetteket, cselekedeteket. Senki sem tekint szívesen egy üres kosárba. Ezért ha csupán tervekkel töltöd meg az ürességet, az nem más, mint váza egy befejezetlen gondolatnak. Egy nem megvalósított célnak. Ha azt megvalósítod, oda fognak figyelni rád. Ezért teremtetted. Értük, másokért, hogy abból erőt, tudást, élményt meríthessenek. Csak a nem létezőt lehet megvalósítani. De azt valakinek bele kell képzelnie az ürességbe. Ezt pedig csak a befejezetlen éned kezdheti el. Befejezetlen, mert a lexikális tudásod ehhez nem biztos, hogy elég. A lényeg: amikor célod megvalósul valamikor, akkor mindenki számára természetes lesz. Amikor azt csupán elképzeled, javaslom, el ne áruld senkinek. Kinevetnek majd, hogy mertél nagyot álmodni. Jaj neked. Viszont ha megvalósítod azokat, ők, ezek a kritikusok lesznek az elsők, akik képviselni szeretnék a megvalósított terveidet. Mindegy, miről legyen szó.

Az üresség egyfajta ajándék is lehet, hisz' rólad fog szólni. Az üresség a barátod is lehet, ugyanakkor az ellenséged is. Mindegy, hány éves vagy. Üressé kell tenned az életed ahhoz, hogy új tartalommal töltsd fel azt. Az üresség, mint fogalom, nem más, mint tehetetlenség. A „feladom", „úszom a semmiben". Már nem védenek meg a tündérrózsák. Az üresség nem más, csupán a veszteségek sokasága. Az addig megvalósított reményteli világod, ami elveszett. Egyszer csak úgy ébredtél, hogy már nincs. Nem létezik többé. Egyedül maradtál. Az ürességben. A pénztárcád bizony lehet üres, nem számít. A kincs nem abban rejlik. Az a kincs, ami onnan hiányzik, az benned van. A zsenialitás utat tör magának. Tudom, drága ára van annak, de nem kell félned. A zsenialitást táplálja majd a méltóságod. A méltóságod, mely veled született. Nincs az a pénz, amiért odaadnád. Mélyen ott van benned, s csak arra vár, hogy feltárd magadban. Ingyen mutasd meg mindenki számára azt, hogy ők is felismerjék: az ürességet fel lehet tölteni építő tartalommal.

De igazán mit is nevezünk ürességnek? Összegezve: azt a valóságot, ami tartalmatlan, értéket nem képvisel. Bizony, vannak évek, mikor az ember már annak is örül, ha vegetál. A lélek lassan fogy el. Az idő, az évek során kiégsz csupán. Amikor a jön az megy, s mire utolérnéd, a megy az jön. Egyszerűen továsuhannak melletted a lehetőségek, és csak szenvedsz. Amikor a lábad kiszalad alólad, mert az élet nyúlcipőt varrt arra. Az üresség ott kezdődik, hogy apránként mindenkit elveszítünk, akiket szerethettünk valaha. Talán valaha családnak neveztük. Boldog az az ember, akinek nem volt még része ebben. A veszteség óriási kudarcélmény, ha ezt élménynek lehet nevezni egyáltalán. Kétségtelen, hogy az ürességet nem lehet igazán definiálni. Univerzum a sehová. Azt csupán érezni tudja valaki, mindenki, akinek kivésett az élet egy darabot a szívéből. Pótolhatatlan veszteség. Amikor egyedül maradtál, akkor fogod érezni a jelentőségét. Soha ne szólj erről társaságban, ha közöttetek ül egy olyan ember, akinek tényleg senkije sincs. Helyette keresd, látogasd azokat, akik még gondolnak rád. Léteznek és élnek. Szüleid, tesóid. Az üresség fájdalom. Örök veszteség. Az üresség hiábavalóvá tesz, ha hagyod. Csak úgy lehet az ürességgel együtt élni, hogy elfogadod azt a tényt, hogy egyedül jöttél a világra és egyedül is mégy el innen. Hisz' te sem létezel igazán. Így az üresség sem. Az van, hogy „elkezdtem elindultam". Olyan nincs, hogy „befejeztem". „Abbahagytam". Olyan sincs, hogy „az ürességbe születtem". A „valahová". A valahová értelmet ad annak, hogy valahonnan valami felé. Mert bizony a valami létezik, csak az idők során az a valami átalakul valami mássá. Lehet, hogy te öregedtél, de a lelked nem. Csupán az történt, hogy az idő új teret hódított magának. Az új generáció új kihívásokkal néz szembe, te pedig elfelejtheted a múltat, de annak bölcsességét tovább is adhatod. Az új generáció már nem akar emlékezni. Nincs is rá szüksége, úgylehet. Generációk egymástól tanulták meg azt, hogy hogyan is kell élniük a saját világukat. Elfelejtve sokszor azt, hogy az igazi kincsek öreg ládákban alszanak. Ott, bennük, azokban szunnyad a bölcsesség. Értem én, hogy mindenki boldog. Wellness, Facebook meg társkereső. Reklámok, sorozatok, és a többi vezető, képzeletbeli aranyfolyosó. Értem én, hogy törődjünk hűséges barátainkkal, kutyával, macskával, ki mivel. Értem én, hogy ma már nem létezik csúnya lány, aki feltöltött értékeivel szolgálna téged szeretettel. Azt is, hogy a fiúk selyemrambóként érnek férfivá 30-40 évesen szülői fennhatóságokkal. Tisztelet a kivételnek. Manapság kicsit más a trend és az ideológia. Nagy pofával tenni azt, melyet az ősök két kezükkel tettek, józan paraszti ésszel. Ez megy, ezt csak egy darabig hiszed el, mert rájössz, hogy értelmetlen az is, hogy ezzel foglalkozz. Amikor rájössz arra, hogy mindenki mindent tud, már nem leszel konkurencia, mert mindenki sokkal jobban tud mindent, mint te. Az online mindentudó a nagy búvárszemüvegen keresztül. Az az ember nem biztos, hogy érti is, amiről beszél. Olvasott róla csupán. De másoknak hangoztatja a nagyokos azt, amit bőrén nem érzett soha. Szánalmas szemfényvesztésnek nevezném. Ha lemondasz a saját morális elveidről és kényszerteljesen követed a hiábavalóságot, akkor fogod követni mások jóléti szabadságát mások befolyása alatt. Ha így teszel, az egyéniségedről mondtál le. Kiszolgáltatott szolgája lettél csupán annak, melyet nap mint nap hallasz a rádióban, vagy épp nézel a tv-ben. Kérdezem: hol vagy te? Hol van az egyéniséged? Az öntudatod. A „csak te" archetípusod. Megismételhetetlen vagy. Egyedi valóság ezen a földön. Mert azt gondolod, ha kiállnál magadért, akkor kevesebb leszel, mint bárki más. Hogy lesz színes az égbolt, ha csak lila és rózsaszín lufik úsznak felfelé? Nézd a szivárványt, és gondold át a természet megannyi szépségét és bölcsességét. Fantasztikus színeit, annak csodás gazdagságát. Hidd, el megéri.

Hogyan tovább?

A „tovább" a te döntésed. A döntésed lehet az, hogy elúszni hagyod az életed, de lehet az is, hogy feltöltsd tartalommal. Az életedet. A „tovább" útját. Hidd el, létezik. Muszáj folytatni. Igaz, még elbukhatsz, de ha meg sem próbálod, már elbuktál. Hogyan tovább? Összegezve: az élet menni fog tovább, veled vagy nélküled. Ha nem akarod folytatni, engedd el magadtól a szerzőt. A tudatalatti énedet. Akkor mind ketten meg fogtok halni idejekorán, hisz' az egységed szétzilálódik majd. Két út van: az egyik sáros és göröngyös, a másik sehová sem vezet. Ha sár van előtted, fel kell venni a gumicsizmát. Tetszik vagy sem. Ha megtetted, tudom, hogy ki fognak nevetni érte. Hidd el, nem számít. A harmónia akkor tökéletes, ha rájössz arra, hogy a teremtett tudatalattid a másik feled. Csak együtt teremthetitek meg azt a személyiséget, mivé válni szeretnél. Így lesz teljes az egységed. Csak így válhatsz személyiséggé. Az öntudatod ezt diktálja. A tudatalattid vigyáz rád, segít téged, ahogy ápolod azt a tudatos éneddel. Megvalósíthat, de elveheti az életedet, ahogy te az övét. Ne kételkedj benne, hisz' az egységedet hivatott felépíteni, téged. Csak így válhatsz személyiséggé. Vigyázol rá, segíted őt, ahogy ő is téged. Ehhez viszont mélyebben meg kell ismerned őt. A tündérrózsa bibéje az az érzékenység, amiért a tóba úsztál. A bibéje a tudatalattid, a tudatos hétköznapi valóságod a szirmai. Egységében gyönyörködtet téged. Hogyan tovább? Abban a bizonyos tükörben. Túl kell élni a kétséget és a gyötrelmet. Csak így sikerülhet megvalósítani céljaitokat. A „hogyan tovább" a kezedben van, LGW. Kulcsod van hozzá. Az Úrnál is, aki külön szobát ajándékozott neked.

Az út nem lesz egyszerű, ami elvezet odáig. Az ajtóig, amiben a zár három szóra működik. Szeretet, méltóság, szépség. Azért hogy minden tündér gyönyörködhessen az Úr alkotta tökéletességben. Hisz' ha a tündérrózsát nézed, látod benne a tervezett valóságot. Ne akard megerőszakolni azt azért, mert a közvélemény ezt diktálja a média megfoghatatlan buzdításával. Merj önmagad lenni. Fogd meg azt a kulcsot, amit kaptál, és vigyázz rá, mint az életedre. Folytasd, amit elkezdtél, mert a szerző úgy véli, nektek kell hinni a tudásotokat, elérni a kitűzött célokat, azokat megvalósítani. A tudatalatti szerző, alkotó csak ennyit üzent. Éld túl, Mr. LGW, és hallgass a szívedre. Megajándékoztalak a tudással. A bölcsességet is neked adtam. Együtt képesek lehettek elérni a kitüntetést. Kivívni az L. G. Whitelord címet. Eljön az idő, mikor ehhez már nem lesz társaságod. Ne is keresd. Egy másik társaság fog rád találni, ha eljön az ideje. Rajta hát!

De akkor hogyan tovább? LGW tudta, hogy a szerző már befejezte, s látja, tudja a történet végét. De hová tűnt a valóság? Azért nem látod, mert éppen úton van. Még csak most fog megszületni. Veled. Benned az, ami a tudatalattidban fejlődik. Várva azt, hogy a tudatos éned mikor valósítja meg a közös egységet. Vannak élethelyzetek, miből a legjobbat akarod kihozni. Vannak emberek, akiknek van erejük ahhoz, hogy ígérjenek. Hinni fogsz nekik, mert rájuk vagy kényszerülve. Építeni akarsz. Pillérnek tekinted a hiábavalóságot. Elhitted, elhitették veled, hogy létezik. A nesze semmi, fogd meg jól. És te elkezdted szeretni mélyen a szemfényvesztést. Nem létezik. Számodra már nem. Mert felébredtél, s immáron tudod, hogy a valóságot teremteni kell. Mert a valóság tiszta. Nincsenek sallangok, meg tegnap meg holnap meg holnapután. A valóság tisztán egy új fejezet az életedben. Ha képes vagy megőrizni az emlékeidet, tanulni azok hibáiból, képes leszel arra is, hogy a tökéletes harmóniát teremtsd meg a jövőben. Persze csak ha akarod. Igaz, könnyebb sodródni az árral, mint úszni ellene. Lesznek tanácsadók, abban biztos lehetsz. Csak olyankor hol leszel te, akiről szól az egész? Igen, ott leszel. Mások befolyása alatt. Pedig egyedüli és megismételhetetlen személyiség vagy. Egy életed van. Kell, hogy legyen egy igaz döntésed, mikor arra megértél. Senki nem fog kényszeríteni arra, hogy megvalósítsd elképzeléseidet, vagy hogy boldog légy, de mindent el fognak követni azért, hogy a napi foglalkozásod a boldogtalanság legyen. Hogy szolgáljak vala néki. Akkor a szerző úgy mondta:

Large Geneus Doublejú. Eljött az ideje annak, hogy magadat szolgáljad. MR. LGW. A te ajtód ezek után csak befelé nyílik. Azon csak kopogtatni lehet. Vegye tudomásul azt mindenki. Azok pláne, akik eddigi szolgálataidat 30 ezüstre értékelték. Mondhatni, kenyérre való.

Az alkotóm, a szerzőm így motivált:

– Mint a szerződ, kezedbe nyomtam a papírt és a tollat. Min csodálkozol? Megígérted édesanyádnak, ha eljön az ideje, leszel még első. Tollat s lapot adtam hozzá, mint szellemi szerződ. A lapokat neked kell feltölteni tartalommal. Azt a tollat úgy forgasd, mint a kardodat.

A szerző, aki bennem élt, szólt hozzám:

A szerződ vagyok csupán, de életet nem adhatok. Az átélt tapasztalatot, abból eredő életedet terítsd majd csodálatos szőttesként az ünnepi asztalra. Neked kell bejárnod ezt az utat. Csak egy kódot kaptál, még nem életet. LGW. Large Genius Doublejú. Folytasd hát. Találd meg azt, amit kerestél az életed során. Ígérem, ott leszek akkor is, ha sikerül, de akkor is, ha nem. Kétségtelen, hogy az asztalnál ott fogok ülni veled. Martini biancót iszogatunk majd. Legyen az eredmény jó vagy rossz. Mindez persze kétséges.

Ekkor a tudatalatti én így szólt hozzám. Hm. Hozzánk. Az egységünkhöz.

Rajtam kívül senkid sincs. Odafigyelek rád, de mostantól magadra kell, hogy hagyjalak, hogy kibonthasd azt a szépséget, ami közös bennünk. Sok szerencsét ehhez kevés lenne kívánni. A „tudod". Na, az a te valóságod. Ha könnyebb lenne, valaki olyanra bízták volna, akivel nap nap után találkozol. Használd a méltóságot. Az egységet a természettel. Ha meg kell halni, csinosan tedd. Méltósággal, csatában. Csak így ér valamit az, hogy éltél. Ne győzni tudj, hanem merni azt csinálni, amit szeretsz. Vagy csak tedd azt, amiért létet teremtett neked az egység sziporkázó Univerzuma. Valósítsd meg a szivárvány minden színét úgy, hogy nem feleded azt, hogyha nincs zápor-zivatar, ami lemossa könnyeidet fáradt arcodról, úgy szivárvány sincs.

A szerző azt üzente:

Csakis magadban találod meg azt, amit rád bíztam. Ha hallgatsz rám, talán túléljük a nehézségeket. Ha nem… nos, a „nem tudom" nem létezik. Mert csakis magadban találod meg azt, amit rád bíztam. Forgasd meg a kardod, és átélt élményeidet papírra vésse a toll, amit ajándékba adtam neked, hogy boldogulj. Legyen immáron bölcsesség az, ami cserébe jár. Merthogy az élet hosszú időre megfosztott és magányba, egyedüllétbe kergetett. Ezzel kárpótollak. Üdvözlettel: A tudatalatti gondolatvarázslód, Mr. LGW.

Ébredés

Csak egy kód lettem. LGW. Azt hiszem. Már nem édesanyám gyermeke, nem édesapám hiábavalósága, akivel egy percet nem élhettem együtt. Leszámítva a villámlátogatásokat. Nem kívánt énje lettem az életnek. A kódom LGW. Large Genius Doublejú. De ismét látom a gondolatot. Úgy most, mint a születés pillanatában. Érzem, átérzem azt. A szándékot, hogy célja van velem. A tisztánlátás útját, ami megvalósíthatja édesanyám egyetlen kérését: „fiam, leszel egyszer első". És én megígértem neki halálos ágyán. Végül nem maradt családom. Nehéz volt felébredni. Hiábavalóságokat kergettem tíz éven át, kétségtelenül. Egy nap rátaláltam az ébredésre. Arra, hogy az idő a barátom, hisz' időtlen vagyok. Mert ha az Univerzum nagy egysége magához szólít, a könyvem itt marad majd tanulságul. Még nem tudom, hogy ajándék ez, vagy büntetés. Végig kell járnom az utat. Így egy nehézség, majd később egy álom nehezedett rám, amit így fogalmazott meg bennem a gondolatvarázsló szerzőm:

Amikor egy álom ránehezedik a szívedre, úgy azt gondolod, ez nem a valóság. Amikor megálmodod a valóságot, mások majd úgy gondolják, hogy az csupán a te álmod marad. Azok mondják ezt, majd akik nem mernek álmodni. Azt mondják: „hagyd, ez nem a valóság". Ők azok, akiknek napjai vágyálmokról szólnak. Ezek nehezednek a szívükre, mert azok tényleg álmok maradnak. Ha nem teszel érte semmit, hogy az valósággá váljon, képzelődnek csupán a kritikusok. Az álom nem valóság, igaz. De anélkül nem lehet célokat kovácsolni tűzzel-vassal. S mint tudjuk, a célok elérhetőek. Persze, nem mindenki gondolja így. A „nem tudom" emberek. „Ha nem tudom majd elveszem. Elveszem tőle, mert nekem nincs. Azt szeretném, hogy ő se tudja, ha már én nem tudom. Gyáva vagyok álmokból célokat faragni, mert gyenge vagyok. De azért kritikus az lehetek, mert annyira

erősnek azért érzem magam." Rizikót vállaltam. Az nem tisztel,
csak aki nem meri megtenni ezt a lépést. Mert gyáva.

Ők azt mondják: „Pofátlan alak. Majd pálcát török felette.
Hogy merészeli megvalósítani magát? Tűzzel-vassal kovácsolva önnön tudatát, életét. Mert hát, ha nem elég magas a lovam,
majd az ő lova alá gödröt ásatok. Így mélyebben lesz, s így könynyebb betemetni, ha belepusztul terveibe, mielőtt céljait elérné. Mert így lesz alacsonyabb rendű."

Azt mondom én erre: a magasságod nem azon múlik, hogy
mekkora lóra ülsz, hanem azon, hogy hogyan emeled meg a kalapodat, mikor köszönni kell. Mert a kalapod a földön is a te fejeden lesz. Nem kell hozzá ló. Olyan kalappal köszönünk, amilyen
van. De legalább megemeljük azt. Méltósággal, akár rongyokba bújva emeljük meg kalapunk. Ha valaki képes erre, annak a
bársony sem lesz idegen. Ha azt ráadja a sors egyszer, amit drága áron vett a szőttes embertől, aki talán egy életen át szövögette selymét, bársonyát. Neked. Mert kollekciójának egy-egy
darabja nem mindenkire illik. Azt nem adja el drága pénzért.
Annak adja csak, aki méltón viselni tudja azt. Passzos viseletként. Egyesek úgy mondják: mintha ráöntötték volna. Mások
haute couture-nek, egyedi darabnak hívják a megismételhetetlen, személynek szóló alkotást. Azt a bizonyos ruhakölteményt.

Ébrednem kell, mert az élet nem hiábavalóságnak teremtett.
A hiábavalóság csupán egy gondolat, amivel mások szeretnének
demoralizálni. Vagyis, hogy te nem érsz semmit. Legalábbis ezt
akarják elhitetni veled. Hidd el, ha az életnek nem lenne célja
veled, már nem lennél itt. Nem az számít, hogy mit hibáztál,
hanem az, hogy a hibáidat hogyan teszed jóvá. Lehet, hogy kerülnöd kéne azt a környezetet, ahová eddig jártál, s talán képes leszel rátalálni a saját értékeidre. Ne foglalkozz azzal, hogy
mit mondanak. Mindenki hibázik, de én úgy kelek fel holnap,
hogy kivételes és értékes ember vagyok. Úgy kelek fel, hogy kisepertem a szemetet az életemből. Megfogom a kezüket azoknak, akik sanyarúságaim mély bugyraiban nálam is rosszabb
helyzetben vannak. Képes vagyok rá. Mert nem elvenni, hanem
adni akarok. Ez határoz meg engem. Ha nem így cselekszem,

biztos elveszek. LGW. Ez a kódom. Large Genius Doublejú. Életem memóriatartalma. Ha nem hiszek benne, minden elveszik majd, amit szeretek. Most eljött az idő, hogy a tudomásul vett új köntösömben magamra találjak. Megrázom magam, és újra ébredek. Felébredek, mert érzem, hogy megfogják a kezem ismét. Már nem vagyok egyedül. Velem van a célom, és képes vagyok a változásra. Semmit nem akarok elveszíteni abból, ami talán még szeret engem. Mert bizony makacs és elszánt vagyok. Eltökélt, de egyben belátó is. Kezeim széttárom, és elfogadom azt, hogy szükségem van a segítségre. Nem nagy igénynyel teszem ezt. Nem vágyom többre, csupán napi egy szép, jó szóra. Így erősödhetem meg ismét, mint az élet oroszlánja. Ez az egyetlen út, aminek értelme van, vagy vezet valahová, valami felé. A beteljesedés felé, mások szolgálatában, a közösség jegyében. Az út előttem. A szeretet talán megvárja, hogy kedvességemmel kényeztessem tovább a tündérmesét. A meseszerű valóságot. A valóságot, melyben élnem kell. Így elmesélem a történetet LGW tollából.

A szőttes ember, és a drótos

Mindkettőjük vihet minden felé, de te választasz majd. Sarokba szorít, és a vágya kérlelhetetlenül kiszámíthatatlan. Mindkettő csak a dolgát végzi. Szövögetnek neked. A szőttes ember ruhát ad rád. Viseletet készít, hogy öltsd magadra, ha az passzos hozzád. Addig méreget, még végül a ruhát rád nem méri. Ha megrendeled, egy életre adja majd. Azt csupán csak mosni tudod, nem fog neked újat varrogatni. A szőttes ember csakis neked készíti majd. Életedben csak azt az egyet, amit rád szabott. Csak azt az egyet. Azért, hogy méltósággal viseld azt az életed során. Benne csinosan éld meg napi fájdalmaidat és örömeidet, és ne legyenek a viseletben kétségeid többé az miatt, hogy nem sikerül majd. Az öltözet mezítelen testedet védi majd, és nem hagyja, hogy akárki, bárki sárral, salátával dobálja. Akárki. A semmirekellő, aki a cipőjét is kölcsönkapta, s abban indul prédikálni.

Talán az új ruhádhoz nem tervezett nyakkendőt a szőttes ember. Ne aggódj. A fém szívű majd fog. Mert hát az is csak szövöget. Vasból, fémforgácsból. Nincs ellensége, de tud csinálni magának. A mágnes ugyan nem a barátja, de hát a fém az, amilyen kelmével dolgozik őkelme. Mellényt, nyakkendőt is képes belőle készíteni. Ő maga soha nem próbálta fel, de azt szívesen ráadná másokra. Láss csodát: imádott viselet lehet. Hát, ha ez a divat? A drótos, mint eltartott nagy szövetségese, buta cimborája készítette a fém szívűnek a metál kiegészítőket. A drótos megalkotta ezen „filigrán" kiegészítőket, hogy majd pompás lesz a nemes selymes szövetből készült viseletnek, amit a szőttes alkotott. Hát igen, csak fáradt emberek nehézségeit érzik majd alatta viselőik. Mert hát a drótfonók azt szeretnék, hogy olyanná válj, mint ők. A szőttes ruhát ad rád. A fém szívű és a drótos csak nehezéket. A fém szívű jobbkeze, a drótos, a vaslerakó mellett élt. Egy sík vidéken, ahol szinte mindig homokot fújt a szél. Így a drótost nem is igazán láthattad. Rongyot láttál csak, amivel körbebugyolálta magát. Imádta az ócskavasat. Mindent magára aggatott, amit talált, vagy mások odahordtak. Hajnaltól tolta rozsdás kerékpárját céltalan abroncson, gumi nélkül. Abroncson, néhány küllővel itt-ott. A külső szemlélő azt gondolta volna: „szegény bolond, most vezekel". De nem. A drótos szövetséget kötött a fém szívűvel. Mikor a drótos hazaért, a sarokba dobta a portékát, melyet aznap gyűjtögetett. Kormos lámpája mellett spekulált. Azon, hogyan feleljen meg a fém szívűnek, ha az kéri a jussát. Réz és mindenféle kábelt nyúzott és égetett, hogy nemesfémhez jusson. Látta, ahogy a szőttes ember boldogan készíti a ruhákat, melyeket másoknak, személyiségeknek készített nemes alapanyagokból. Szeretettel, fénnyel sodorta azok cérnáit, fonalait. Selyemből, gyapjúból, de fénnyel. Ez volt a titka. A szeretet fénye, annak megannyi ragyogása. S bizony ettől lett varázslatos kelméje. Hogy cérnáit, fonalait a szivárvány minden színével, de fénnyel sodorta finom, puha ujjaival. Munkáját mindig makulátlanul tiszta kézzel végezte mindennap. Sosem dolgozott árnyékban vagy majdnem sötétben, borongós napon. Fényben, napsütéskor gombolyított, sodort és varrt. Ez nehézkes volt néha, hisz' egy ujja hiányzott. Mármint a bal kezének középső ujja vége. Bosszankodott is miatta eleget, miközben a fém szívűre gondolt. Valahogy az aprópénz mindig kipotyogott a markából. Az a földre hullott. Ekkor szidta a fém szívűt, mert sérelme több sebből vérzik. Igen, mert találkozott már a fém szívűvel. Ott vesztette el az ujjának egy percét. Ott, akkor a fém szívű megkérdezte tőle:

– Miért jöttél, tiszta lelkű szövetes ember?

– Ollót éleztetni. Már nehezen viszi az élet aranyfonalát. A fényt is maga alá gyűri – mosolygott a szőttes.

– A fényt? – vigyorgott a fém szívű.

– Igen, a fényt. Már a selyem és a bársony is idegen tőle. Megéleznéd, fényeznéd?

A fém szívű elképedt azon, hogy őt bársonnyal sértegetik, de kiélezte a szőttes szerszámait. Azonban az elvégzett munka után még kérdezett a fém szívű.

– Akarod-e, hogy fémből legyen minden, Szőttes?

– Nem. Nem akarom, hisz' nehéz súly lenne az az általam alkotta viseleten. Talán legyen kevesebb a fém és több a fény.

Erre a fém szívű összeráncolta homlokát és arra kérte a Szőttest, hogy az mutassa kabátjának ujját. A Szőttes felé nyújtotta bal karját. A fém szívű rányalábolta durva tenyerét, és érezte a szövet kényeztető finomságát. Abban a pillanatban vaskos tenyerével megragadta a Szőttes csuklóját. Azt kétszer az asztalhoz csapva satuba kényszerítette. Ráfintorgott, majd annak megélezett ollójával egy pillanat alatt lecsípte ujja végét. A Szőttes ember csak némán bámult maga elé. Nem az fájt neki, hogy levágott ujja vége az asztalon hever. Nem. Inkább a fékezhetetlen rátarti butaság és az üresség mélysége volt az, ami lelkét tépdeste. Hogy egyesek ezt így gondolják. Elméje hirtelen mozdulatlan víztükörré vált ismét. Furcsa talán, de annyira nem vérzett az a csonkolás, mint ahogy az ember azt gondolná. Olyan volt, mintha sűrű szitán keresztül szaladt volna ki a vörös életerő. A vér. Zsebéből egy általa készített szövetet vett elő. Azzal pólyázta körbe vérző ujját. Az asztaltól felállva csak annyit mondott:

– Én a munkát köszönöm. Az árát mármost megfizettem, de te, fém szívű, minden behajtott garasodnak a felét fogod látni majd.

Ezen gondolatokkal, szavakkal kisétált ott, ahol bement. A vasajtón. Háta mögött hallotta, ahogy őrjöng a fém szívű. Hazaballagott, immáron megmaradt ujja végét varrogatni. A fém szívű dühében a drótoshoz sietett, hogy levezesse feszültségét, valamint azért, hogy azon is behajtsa elképzelt jussát. A drótos izzó fémkemence mellett nyúzogatta, égette a beszerzett alapanyagokat. Fekete füst hömpölygött a sötét éjszakában. A melléktermékek orrfacsaró bűzt árasztottak pernye formájában, mérgezve a levegő tisztaságát. Vérengző ebek csaholtak, mikor a fém szívű vasöklével verte a drótos lelakatolt vaskapuját. A kutyák futóláncon szaladtak kedvükre. Jaj volt annak, aki arra tévedt.

– Drótozd ki a vérfarkasaidat, drótos, és engedj be! – ordította dohogva, a vaskaput verve. Úgy is volt. A Drótos lefogta kutyáit és beengedte a fém szívűt. Azaz beengedte volna, de amint a lakat kattant, a fém szívű berúgta az útjában álló vaskaput ily' szavakkal:

– Lett-e már mázsa? Tonna, drótos? Miért küldök, irányítok minden szerencsétlen hulladékgyűjtőt hozzád, ha képtelen vagy arra, hogy hozd a napi normát?

A drótos meghökkenve így válaszolt:

– Kevés vagyok egyedül. Emberek kellenének, hogy nyúzzák a kábeleket.

Azzal beértek az égető mellé, ami egy liftakna nagyságú, vörös téglával kirakott, égbe nyúló szörnyeteg volt. A kémény alatt izzott a pokol tüze. Sötét, füstös forróság volt ott, ahová a labirintusszerű, kihalt csarnok vezetett. Volt ott egy nagy asztal, és egy öreg, hatalmas, öntött nyomdagép. Hát odaültek diskurálni. A drótos és a fém szívű. Közvetlen a kohó mellé, ami nyílt lánggal ontotta fényét az égéstérben vibráló árnyékokat vetítve a tömör vastag betonfalakra. Félelmetes volt. Mint a pokol előszobája. A fém szívű számon kérte a drótos lemaradását, és dühében csapkodni kezdett. Rézkábelekkel ostorozta a drótost, illetlen szavakkal demoralizálva őt. A drótos sírva fakadt, és félelmében összevizelte magát. Ettől a fém szívű még dühösebb lett. Eközben az égetőkemencében fortyogott az izzó olvadék. Dühében csapkodni kezdett, és kihűlt állapotában úgy egy tízkilós réztömböt ragadott a markába. Azzal fenyegette a drótost. Mérgében azt felemelve a drótos fejéhez akarta vágni, hogy azt a kevés eszét is elveszítse. Üvöltött egyet, majd azt a fortyogó égetőbe hajította. Abban a pillanatban az visszafröccsent, pont az arcába. Kis felületen égette meg azt. Azt a nagy pofáját. De a forró fröccsenés kiégette egyik szemét. Abban forró fémszilánk volt. Ordított és víz után rohant. Talált is az egyik hordójában esővizet. Azzal hűtötte fájdalmát. Hirtelen eszébe jutott előző cselekedete, amit tett. No meg az, amit a szőttes mondott.

„De te, fém szívű, minden garasodnak csak a felét fogod látni."

Így lett. A drótos sérelmei után nem tudta, hogy sírjon-e vagy nevessen fájdalmában. Hagyta, hogy a fém szívű elbatytyogjon sebeit nyalogatni, üres zsebbel. A drótos ennek okán egy időre fellélegezhetett. Megszabadult sanyargatójától. Végül is nem történt semmi. Csupán vesztes lett a szövetes ember, úgy, ahogy a drótos és a fém szívű is. Az igazság az, hogy a csatában az győz, aki soha nem megy csatába, csak az emberi tudás ezt még nem képes felfogni.

A tudás határtalan, mint az Univerzum. Így ez nem igaz. Erre csak az elképzelt, megvalósított emberi tudás képes. A bölcsesség az, amiről beszélek. Na, ahhoz rendeld a tudásodat, és akkor sohasem lesz háború vagy ellenséged. Mert a természet bölcsessége az Univerzum hatalmas ereje, nem a tudás. Az egód az, ami nem téged fog megvalósítani, hanem az elképzelt világodat kényszeríti ki belőled. Az egód önnön valóságát éli majd, ha hagyod. Annak nincs szíve-lelke. Mert te már mindent tudsz. Hatalmad van mindenek felett, hisz' már mindent tudsz és ismersz. A bölcsességet tanuld mindenekfelett, ne a tudást mindenki felett. Halandók vagyunk, ne felejtsd el. Mindannyian. Nézd csupán a szőttest. A jámbor lelkű csupán a szerszámait éleztette volna, hogy azzal szépséges kollekcióit megmunkálja, elkészítse azokat. Ráadhassa valakire, aki éppen azt szeretné felölteni, mert illik rá. Tanulság: a Szőttes az ujját veszítette el. A fém szívű az egyik szemét. A drótos az emberi méltóságát. A semmiért. Érdemes volt, ugye?

A titán

Hetek teltek el, hogy mindenki megeméssze a saját maga traumáját, hogy sebeik behegedve új értelmet adjanak a jövőben. A meggondolatlan tettek miatt. A történetet elfújta a szél messzire, ahol a titán élt. Titán palotában, a titán társadalommal védve méltóságát. Serege a népe volt, aki bízott benne. Mert titán volt, amiben tiszta lelke lakozott. Az öreg titán platinát osztott, és abból épülést kívánt mindenkinek. Mert tudta, hogy birodalma csodálatos. A nép teszi azzá. A kovács, a szakács, a kőműves és mindenki más, aki építeni tud. Egy nap a fülébe jutott az, hogy mi történt a szőttessel. Tudta, hogy a szőttes szíve önzetlen, mert hát az övé is az volt. Rokon lelkek valahol. Az az ember tudta ezt, akit titánnak hívnak. Titánia méltósága, aki megvalósította Titániát és annak társadalmát. Ami a szőttessel történt, sértette az igazságérzetét, így egy darab titánt küldött a fém szívűnek, miheztartás végett. Abba azt vésette: „A titán másokért van, úgy jegyezd meg. A mások pedig nem érted vannak." Ezt az üzenetet a titán követe így kézbesítette személyesen.

– Ez itt a drótos tartozása. Fedezi azt a vagyont, amit egyedül nem tudott teljesíteni. Persze csak az egyik fele. Ami értéke téged illetne. A másik fele azt az embert, akit megrövidítettél egy ujjperccel. A méltóságteljes, szövetes embert. A szőttest. Akarsz még hozzáfűzni valamit, fém szívű? – kérdezte a követ.

– Akarok bizony. Mondd meg a titánnak, hogy van az a hőfok, amin ő is olvad. Ami a szőttest illeti; ő csak rendet tanult. Fémből és drótból lesz minden ezen a világon. Drótból, kábelekből és vasból. Titánia követe csak annyit kérdezett még:

– És hol leszel te akkor, fémes, a vasak ura?

– Ahol lennem kell. Titánia főszékében. Érd be ennyivel – válaszolt a fémes.

– A MÉH telepen leszel, fém szívű, rozsdás vasként – nevetett a követ, majd így folytatta: – Sohasem fog megolvadni a titán a kezeid között.

A fém szívű röhögött, és azt kiabálta a követ után:

– Kacsintok rád, és immáron mindenkire – gondolt beégett fél szemére. Aztán így folytatta:

– Mond el Titániában mindenkinek, hogy akkor is fogunk találkozni valamikor, ha ezt Titánia nem akarja. Addig pedig rettegjetek. Élvezzétek a kis időt, amíg azt nyugodtan élhetitek.

A követ ezek után békében, épségben távozhatott Titániába, ahol született. Hazaért, de az a nap mintha kicsit másabb lett volna, mint valaha, mikor a nap kelt. A szőttes is érezte. Aznap házát a felkelő nap szikrázóan élénkebb fénybe öltöztette. Mindent. A polcain lévő összes gombolyagát, kelméjét. Tündöklő ragyogással fényt vetve azokra az ablakon át. Az otthona körül a harmatos fenyves erdő tűlevelei ékszerként ragyogtak a borostyánszínű gyantában, abban megmártózva. A szőttes ember azon a napon is úgy kelt fel, mint bármely más napon az életében azelőtt. Várta a fényt, mivel sodorni kezdte fonalait nemes alapanyagokból. Aztán szövögetni kezdte abból kelméit, és az abból varrt ruhakölteményt, s azt viseletként kínálta. Nem volt olyan portéka, ami rajta maradt volna. Mondhatni, vállfából nem sok maradt neki. De minek is lett volna? Irigyelték is tőle más szabók és varró emberek. Azok is csak igyekeztek eladni kelméjüket, ruhájukat, de abból mindig hiányzott valami. Nem tudták hová tenni gondolataikban, hogy a szőttes fénnyel szövi kelméit, fénnyel készíti ahhoz való fonalait.

– Azt hogy? – kérdezte egy árus. – Hisz' a fény mindenkinek adott. Akkor hogy van az, hogy csak a szőttes bánik jól vele?

A szőttesnek volt egy szívéhez közel álló, szakmabeli ismerőse. Ő volt olyan bátor, hogy megkérdezze:

– Hogy használod a fényt? Hogy lehet azokat összeszőni selyemmel, bársonnyal?

A szőttes csak annyit mondott:

– A fény mindenkié. Ragadd meg azt, ahogy tudod. Mert a fény mindenkié. Én is csak ezt használom.

– Nekem miért nem megy? – kérdezte ismerőse.

– Azért, mert a fényt tudni kell asszimilálni. Ahhoz, hogy cukorrá váljon. Nem lesz soha a tiéd. A természet nagyon jól tudja ezt. Fordulj hozzá, hogy te is megtudd. A fény egy meghatározó elem. A tökéletes egység része, amibe te is beletartozol, ha azt akarod. A tökéletes egység része.

Ebben a miliőben aznapi herbáját itta a szőttes. Kakukkfűből, zsályából, mentából és kamillából, mikor zajt hallott. Nyekergő nyiknyikk-katkatt hangokat. A hang egyre közeledett felé. A drótos jött. Koszosan, ápolatlanul. Remélte, hogy ami ragad, az egy idő után majd le is kopik. Mármint a retek és a kosz. Rozsdás kerékpárja szarvát markába ragadta lenőtt, koszos körmeivel mire végre eljutott a szőttes házáig. A szőttes lassan kortyolgatta napi teáját, verandájáról figyelve a hívatlan vendéget. A drótost, aki félt, mert ő már mindenkitől félt, rettegett. A szeretettől épp úgy, mint a számon kérő, gyűlöletes elvárástól. A szőttes bizalmatlanul, összehúzott szemekkel figyelte közeledését. Amikor az odaért, elhajította a drótszamarat, ami nagy csörömpöléssel a földnek csapódott. A drótos köpött egyet; a saját bőréből bújt volna, ki ha azt tehette volna. Átlépve rozsdás bicaját, így fordult a szövetes emberhez, aki nyugodtan szürcsölgette teáját.

– A fém szívű üzenetet küldött neked. Levélben írta meg azt.

Hát a szőttes szánalmát csupán így fejezte ki:

– Gyere már közelebb, drótos. Éhes vagy? Szomjas vagy-e drótos?

– Hát éhesnek éppen éhes vagyok. Mindig az vagyok. Az igazság az, amikor kezdek, leszokni az evésről, akkor valakitől mindig kapok valami emberbe valót.

A szőttes megetette, megitatta szegény drótost. Aztán így szólt:

– Lássam a levelet, drótos! – nyújtotta bal kezét a bekötött ujjával. A drótos törölgette szája szélét a kapott vacsora után, majd paprikás ujjlenyomattal átadta azt.

– Itt van az üzenet.

Jóllakottan bár, de a drótos érzett valamit. A szeretetből egy darabot. A drótos már nem félt – a szőttes embertől bizonyosan nem. Titániától igen. Így megkérdezte:

– Te, szövőszékes ruhaköltemények mestere. Ismered- e Titániát?

– Nem. Nem ismerem – válaszolt a szőttes. Tényleg így volt, hisz' mi dolga lett volna Titániában egy szövetes embernek. Azt sem tudta, hogy létezik. De visszakérdezett:

– Akarsz-e még valamit, drótos?

– Már semmit – lesett ostobán, azzal elnyergelt csámpázva a drótszamárral a kátyúval teli úton. Mert arra rövidebb volt. A szövetes nem nyitotta ki a borítékot, amit kapott. Nyugodt szívvel megitta teáját, azután munkához látott. Ahogy azt tenni szokta. A délidőt harangozta a nagytemplomban lakó nagyharang, ami nem messze lakott a szőttes házától. Nem várt vendégként, méltóságteljesen egy futurisztikus autó érkezett nesztelen. A szőttes ember birtoka előtt megállt, s lassan leszállt körülötte a felkavart por. Két ember szállt ki belőle. A titán követei voltak ők. Igazgatva ruháikat, gallérjukat léptek a szövetes ember kapujához. Becsengettek oda. Aztán várták, hogy valaki ajtót nyisson. Rövid idő elteltével a szövetes ember ki is ment. A szőttes. Alázatosan fogadta nem várt vendégeit.

– Jó napot – szólalt meg az egyik vállát porolgatva, mire a másik:

– A szőttest keressük. Itt lakik?

– Úgy lakik itt, ahogy ön lakik a szőttes ruhájában. Jól áll – gondolt a vendég viseletére, melyet valamikor ő varrt. Majd így folytatta:

– A szőttes itt lakik. Én lennék.

A kimért, diplomatikus vendégek egyike a belső zsebébe nyúlt és egy platina dobozkát húzott elő abból. Ujjai között szorongatva átnyújtotta azt a szőttesnek, aki kissé hátrahőkölve kérdezte:

– Mi ez? Önök kicsodák?

– Az legyen most mindegy. A dobozkában minden benne van. Viszlát, szőttes – azzal megfordultak és tovatűntek nesztelen a porfelhőben, mint ahogy érkeztek. A szövetes embernek volt egy saját védjegye. Afféle márkajelzés, ami minden általa készített viseletbe bele volt varrva vagy hímezve. Ő rajzolta valamikor, amikor még vásznat sem látott, nem hogy kelmét vagy bársonyt. Ez lett a logója. Az lett személyéhez kötve, mint termékei védjegye. Ott állt kis műhelyében, és kezében szorongatta a platina dobozkát, melynek fedelére az ő márkajelzése volt gravírozva. Azzal bement a konyhájába. A dobozkát a drótos hozta levél mellé tette, majd átkötözte vérző, csonka ujját. Levél és doboz egymás mellett egy asztalon. A szőttes órákig bámulta azokat, míg végül a platinadobozt nyitotta fel. Abban egy írás volt. Ez állt benne:

Ezennel Titánföldre invitállak asztalomhoz. Autót küldetek érted. Ha elfogadod a meghívásomat, úgy ablakodba akaszd fel a legfényesebb kelmédet napfelkeltekor, hogy annak fénye elvakítsa az arra járót. Abból tudni fogom, hogy számíthatok rád.

A szőttes megijedt és hezitált. Ő nem akart mást, csak békésen élni kelméi között. Nem vágyott többre, csak békességre. Most viszont döntést kell hoznia. Nézte maga előtt a fém szívű borítékát, de nem nyitotta azt ki. Agytekervényei megálltak gondolkodni. Órákig alfában, a mozdulatlan víztükörben kereste a bölcsességet, annak tanácsát. Beesteledett. Mire magához tért, már újra megvilágosodott. Utált döntéseket hozni, de most megint muszáj volt.

– Lelkem rajta – gondolta és hangosan mondta azt, mikor házának legmélyebb sarkából felnyitotta a ládát, melyben eddigi életét rejtegette. Nem volt azon lakat, de egy lehetőség szunynyadt benne. Azzal könnyekkel küszködve kelmét vett elő, olyan kelmét vett elő, ami elsőként készült fényből. Azt baldachinnak szánta az ágya köré. Arra az az időre, ha kedvesét megtalálva frigyre lép. Azt szerette volna, ha első éjszakájukat munkájának ékessége palástolja majd meghitten, az örökkévalóságig. És így is lett. Majdnem. A szőttes kedvese tündér volt, és szándékában állt a szőttessel leélni az életét. Párban, mint a vadgalamb. Varázslatos egymásra találásuk után reményteli közös értékekben hittek és tisztasággal élték napjaikat. Ahogy azt minden szépség természetében megteremtették. Az alkotott baldachin az utolsó napon a helyére került. Tökéletes környezet egy tökéletes jövő felé. Azon a napon ragyogott a nap. Sziporkázott annak fényébe bújtatott boldogsága. Édes volt minden sugara. A percek minden cseppje, mivel várták a beteljesedést. A lány rohant a szőttes felé az úton. A vadcsapáson keresztül, ami a fém szívű birtoka mellett haladt el. Igyekezetében megbotlott egy vadak számára kirakott hurokban, ami visszarántotta, és földhöz csapódott kecses ékességének szépsége. A törékeny nő. Az a hurok a földhöz csapta a hölgyet, aki csak szeretni sietett választottját. A szőttest, aki fénnyel várta őt. A fém szívű földje mellett a lány egy nagy csattanást hallott, mikor a földre zuhant. Fehér ruháját a szél fodrozta. Azt fiatal, piros vére tette tisztátalanná. A csattanást a fém szívű farkasfogas befogó csapdájának hangja adta. A lány bokáját csapta szét achillesénél. Ott. Elvérzett. Utoljára a fény még megtörve úszott előtte. Csillogó, smaragd zöld szemében. Senki sem segíthetett. Angyalként engedte el utolsó gondolatait. A „szeretlek" szót, mi az emberiség egyetlen igazi értékét hordozza magában a világon bárhol. Mert nehéz azt kimondani, hacsak nem szívből szól. Ritkaság ez manapság. Azóta nem látta a szőttes ezt a kelmét, amióta hiába várja azt, akinek ezt készítette. Először. Fényből. Azonban most ezt akasztotta ki ablakára. Elkezdett bízni Titániában, valami oknál fogva.

És eljött az idő. Egy napon ismét kopogtattak a szőttes ajtaján. A titán követei.

– Láttuk a fényt az ablakod körül, így meghívásunkat elfogadottnak tekintjük. Holnap, azaz vasárnap tizenegy órakor légy a házad előtt. Érted jövünk.

– A titán és a lánya vár már téged – mondta a másik követ.

– A leánya? – kérdezte meglepve a szövetes ember.

– Igen a leánya. Miss Nympheae alba.

– Értem. Ígérem, ott leszek – hebegett a szőttes. Azon az éjjelen a szövetes ember nem bírt aludni. Gyötrő álmok kapaszkodtak a szívébe. Reszkető, izzadt teste tépelődve gyűrte maga alá a lepedőt, amin feküdt. Emlékek. Múlt, jelen és képzelet öszszemosódott valósága kergette szét éjszakai nyugalmát, mire végre eljött a reggel. Ajándék volt felébrednie a valóságba. Kibotorkált kis szobájából, s a tükörbe nézett.

– Szőttes! – mormogott. – Most hogyan tovább? Mi lesz? Miért? Hogy a hogyan az lesz, vagy a lesz az hogyan – így fogalmazódott meg benne a semmi. Összeszedte magát, kiborotválkozott, és igyekezett legjobb formáját hozva eleget tenni a meghívásnak. Tudta, nem akárhová készül, hisz' meghívásra Titánföldre léphet majd. Oda hívták.

A titán leánya

A szőttes izgatottan vette fel legszebb ruháját, s hogy megnyugodjon, napsütötte teraszán kérte mozdulatlan elméje tanácsait. Szemét lehunyva, seisába térdelve. Látta maga előtt a feszített víz tükrét. És látta a tündérrózsát. A Nympheát. Látott egy embert beúszni a békésen ringatózó tündérrózsákhoz, a tó közepében. Ráébredt arra, hogy a vízinövény, a Nympheae alba nem más, mint Nymphea kisasszony. A Titán lánya. Létezhet ez? – meditált. De ki lehetett képes arra, hogy odaússzon? Miért tette, és vajon miért kellett tennie? Kétségtelen, hogy oka van. Töprengését kocsikerék zaja törte meg. Feleszmélt, és kihúzva magát az ablakhoz sietett, ahol az általa készített baldachin ragyogta fényét. Hangos zenére lett figyelmes, és nézte az autót, ami érte jött. Az adagio szólt abból, hogy azt hallva a szőttes igyekezzék, hisz' várnak rá. Már nem csak látta a fényt, hanem hallotta is azt. Mert az adagio képes erre. Amikor kapujához ért, egy követ a kocsi hátsó ajtaját nyitotta előtte. A másik követ jobb kezének méltóságteljes üdvözletével, azt szívétől elindítva, karjának ívelő mozdulatával bebocsájtást kínált a vendég számára. A Titán kocsijába, a Titánspeedbe. A szőttes egyszer csak egy négy keréken futó komfortban érezhette magát. Az út ideje alatt az adagio szólt a hangszórókból, annak tiszta jellegével. Az egyik követ megszólalt az út során:

– Mi a véleményed a zenéről, szőttes?

– A zenéről uram? – kérdezett vissza. – Számomra a zene a mindenható lélek atyjának üzenete. Az adott pillanatban a zenének ütemében táviratként érkezik ez az üzenet.

– Az adagio. Abban milyen üzenetet látsz? – kérdezte a titán egyik követe.

– Abban? Hogy is fogalmazhatnék... – kereste a szőttes a gondolatokat.

– Mit látsz benne? – kíváncsiskodott a követ.

– Elsősorban reménységet. – S leszegett fejjel így folytatta: – Születést. Halandóságot. De látom és érzem a halhatatlanságot is benne. Érzem benne a magányt. Az elesettséget, az elutasítást. A kihasználást, és a sanyargatást. Gyászt és az újjászületést is egyben. Azt, hogy ezen zene igazi himnusza a bennünk épülő csodálatosságnak, és tragédiája is egyben a gonosz cselekedeteinek. Hiszem, hogy a Földanya képes a Teremtővel szövetségben újrakomponálni a dallamokat, melyek érző emberek szívét dobogtatják meg nap mint nap.

A szőttes ezen válasza után csak néma csend lett a titánspeedben. A szövetes az erdő szélét bámulva észrevette a drótost, aki egyik fától a másikig bujkálva leste a kocsiban utazókat. Mert hát a fém szívű levelét ki sem bontotta a szőttes. De értette a szőttes. Azért cselekedett így a drótos, hogy hírt vigyen a fém szívűnek arról, amit látott. Leskelődött. Egy dombocskán egy fa mögül. Egyszer csak megugrott, és fától fáig eszeveszettül rohangálni kezdett jajgatva. Egy óriáshangya váron guggolt szerencsétlen kíváncsi. A hangyák örömmel birtokolták bokáját, majd gatyájába mászva érzékenyebb lágyékát is. A drótos letépve magáról minden ruhaneműt szaladt a drótszamárért. Az volt a kedvese, élete párja. Ahogy mezítelen rápattant az elnyűtt bicajra, annak nyerge alól kipattant egy rozsdás rugó. Igen. Oda. A szőttes csak leste a kocsiból, ahogy a drótos állva tekerve a kerékpárt, jajgatva megelőzi a titánspeedet. Igen, mert a drótost vitte a drótszamara dombnak lefelé, meztelen. Ordítozva próbálta uralma alatt tartani a járgányt, még végül a Titán autója előtt, nagy port verve a vízzel teli csatornába csapódott. A bicaj utasával együtt még kettőt-hármat buggyant. Kontra nélkül, mert leesett a lánc arról. A szőttes remélte, hogy nagy baja nem esett a drótosnak. Megmosolyogta a látottakat. Ő sem tudta, miért, de valami oknál fogva szerette ezt a szerencsétlent. Hínár és néhány kecskebéka lett a jutalma a kíváncsiskodásáért.

A titán autója tovahaladt, hisz' egy pillanat alatt történt mindez. Csak a szőttes látta. A poros makadámútról kiérve széles aszfalton haladtak tovább Titánföldre. Két óra telt el, mire a sofőr megállt egy hegygerincen. Az autóból kiszállt, és szólította a szőttes embert.

– Az első kérdésnek megfeleltél az adagio kapcsán. Lássuk a másodikat. – Majd így folytatta:

– Látod a szakadék szélét?

– Látom, uram – mondta a szőttes.

– Nos, bátorkodj odamenni és húzd szét a tüskés pirachantát, a tűztövist – kérte az egyik titánkövet.

– De hiszen ott nincs is tűztövis – nézett meglepve a szőttes.

– Majd lesz. Menj az utadon.

Mikor a szőttes közeledett a szakadék széléhez, lépésről lépésre a virágok bontakozni kezdtek lábai nyomán. Óvatosan közelített a szakadék széléhez. Annak peremén tűztövis és galagonyabokros húzódott. Az a tövises tüskével teli növényzet szegélyezte a semmit és a valóságot. Lába előtt a kövek és a zúzalékok. A szakadék szélén félve széthúzta a tüskés bokrokat, mi oly hirtelen előtte termett. Hátranézett. Nem voltak már ott a szépséges virágok, melyek léptei nyomán nőttek a lábai alatt. Immáron egy völgy volt csupán előtte a mélységben, közepén hatalmas toronnyal hirdetve: „Nem akárhová jöttél. Titániába érkeztél." A szőttes életet és pezsgést látott. Reszketni kezdett, szinte megfagyott.

– Most láttad azt, ahová viszünk, szövetes ember – dünnyögött az egyik követ.

– Láttam. De inkább haza szeretnék menni – hunyta le tekintetét.

– A kelmédet te akasztottad ki. Senki nem kényszerített semmire. Mi csak a lehetőséget kínáltuk fel. De jegyezd meg: két út van. Az egyik nem vezet sehová – fordult el halk szavával Titánia követe.

– Jól van, értem én. Akkor induljunk. Önzetlen, tiszta szívvel megyek. – Majd így folytatta: Az önzetlenség az élet egyik nagy ajándéka. Tanulható tulajdonság. Örömmel teljes. Persze ez némi lemondással jár. De épp ez teszi boldoggá a holnapokat. Hogy boldogan ébredj mindennap. Az önzőség erre nem képes. Az csupán kapaszkodik. A semmibe, a boldogtalanság felé.

Beléd. Ha hagyod, felemészt, és józan eszedet veszi. Már nem leszel önmagad. Kiszív a bőrödből és beárnyékolja a tiszta szívedet. Örökre kőbe zár majd, ha hagyod. Az önzőséged.

Ezután visszaültek a titánspeedbe. A szőttes döntése alapján. A sziklás bércről egy virágokkal teli, ám megvilágított, fénnyel teli úton haladtak végig. Egészen a völgybe, ahol három készenléti őr mutogatta Titánia autójának belépőkapuit. Az nem parkolhatott akárhol. És mindig máshová kellett megérkeznie. Titán protokoll. Azt szükségszerű volt követni mindenkor. Hirtelen sötét lett. Hosszú sorozatledek kék fénye jelezte az irányt, hogy az autó megtalálja kijelölt helyét. A Titán 1-es megérkezett oda. Az autóból kiugrott a két követ, és a lift felé siettek. Utasuk, a szövetes ember csak állt némán a kocsi mellett. Mintha ott sem lenne. Bárcsak ne is lett volna ott! – kívánta. Pedig oka volt annak, hogy ott legyen. Kétségtelen. A liftajtó kinyílt. A Titán kancellárja állt annak küszöbén. A követek főmeghajtással fogadták és üdvözölték a kancellárt, aki két tenyerét mellkasához emelve jelezte: *Köszönöm a tiszteletet.*

– Elhoztátok őt? – kérdezte.

– Igen, kancellár. Csak kicsit fél a változástól – vélekedett az egyik követ. A másik így folytatta: – Ott reszket a kocsi mellett, Roy. A kancellár odalépett a szövetes emberhez, és kézfogással üdvözölte a vendéget. A szövetes zavarában csak annyit mondott:

– Szép a ruhája, uram – hajtotta le fejét.

– Igen, az. Ön készítette. A mendemonda szerint fényből. Igaz ez?

– Így igaz, uram. Viszont csak egy kelmét készítettem fényből, de nem az ön kelméjét. Bár ezt is csak nemes anyagokból varrtam, uram.

– Nem vagyok az urad, szőttes. Senki senkinek nem ura Titániában. Mindenki végzi a dolgát. Jól. Így tiszteljük egymást. Felebaráti szeretettel. Békében.

– Értem uram.

– Hm.

A kancellár az égre tekintett fél szemével, majd ekképpen folytatta:

– A nevem Roy. Így szólíts. Megtennéd?

– Roy? – kérdezte a szőttes zavarában.

– Igen. Egyszerűen Roy. A Royal királyi származásomból eredően.

– Mr. Roy. Királyom – hajolt meg a szőttes.

– Nem, szőttes! Csak Roy – segítette fel a tisztelgőt, majd így folytatta:

– Na, jöjjön és áruljon el egy titkot. Hogy készít fényből kelmét?

– Szeretettel, Roy. Szeretettel.

– Mi köze a szeretetnek a fényhez, annak fonalához? – kérdezte a kancellár még a liftben.

– Az, Roy, hogy a mindent átölelő fény az egység része. Ahogy mi is azok vagyunk. Részesei annak. Mindannyian azok lehetnénk, ha azt hagynánk. Az élet adta elemeket tudnunk kellene asszimilálni. Helyesen felhasználva azt, annak természetéből eredően. Éltető cukrot készíteni az elemekből. Hogy az élet tényleg édes. És a fény a barátom. Nem azért, mert megvilágosít, hanem azért, mert utat tör magának hajnalhasadtával. Mert a természet zseni, és utat tör magának, mint a fény. Mint az egységes zsenialitás fénye. Álmaimban láttam egy embert, akiben megvan ez a zsenialitás. Ő igazán a természet része. Lelkének virága ága a Földanya mélységeiből ered. Igen. A gyökerektől. Almája a fának. Bármihez nyúl, az tökéletes. Érthetetlen, hogyan, hisz' azokat soha nem tanulta. Csak annyi ragadt meg benne: Alba, White, Fehér. Mint a Titán leányának neve. Tisztán Fehér. Mint a tündérrózsa.

– Szőttes! Hamarosan belépünk a Titán vendégszobájába – szólt a kancellár.

– Igen, értem, Roy – válaszolt.

Egy keskeny járófolyosó vezetett a liftajtótól a robusztus bejárathoz, annak küszöbéhez. Hatalmas faragott diófa ajtó nyílt meg előttük. Ami várta őket, egy szépen berendezett patinás terem. Közepén hosszú asztal nyúlt végig a széles lépcsőig, ami egyenesen a Titán komfortzónájáig vezetett. Ott egyetlen trónus volt. A Titáné. A hosszú asztalon az évszaknak megfelelő virágokból készült csodálatos asztali kompozíciók díszítették a terített asztalt. A kancellár a terem egyik zugában elhelyezett kis asztalhoz ültette a szőttest, miután egy tükörajtót megnyitva eltűnt. A szőttes tátott szájjal leste az őt körülvevő évezredes enteriőrt. A terem sarkába épített kandallót leste. Azt bámulta. Észrevett a falon egy festett képet, amelyen egy női arckép volt megörökítve. A kép távol volt tőle, de figyelmét megragadta egy piciny részlet. Egy elragadó mosoly. Nem tudta, miért, azt nem látta tisztán. Közelebb kellett mennie ahhoz, de nem mert felállni. Kíváncsisága azonban erősebb volt benne, mint a kancellár kérése, hogy ott foglaljon helyet, ahová leültették, és maradjon ott. Így felállt attól az asztaltól, és szinte lopakodva közelebb merészkedett a festményhez. Odaérve, áhítva a lány arcának szépségét, tekintetének sokat ígérő ragyogását. A hölgynek, aki visszanézve a festett műalkotás vásznáról. Szemei bizonyságot sugároztak, hogy meggyőzzék a szőttest arról, hogy kétségtelenül a jó utat választotta. A szőttes lélegzetét visszafojtva koncentrált a portréra. A festett hölgy nyakában egy filigrán nyakék egészítette ki a díva bájos mosolyát. Annak szerény tekintetét. A nyakék medálja volt az, amitől a szőttes nyelni sem tudott. Hirtelen gombóc kerekedett a torkában, mikor a fehér tündérrózsát látta abban. A Nympheae albát. Megelevenedett előtte minden azelőtti gondolata. Egy pillanat alatt megértette, hogy valójában mi is történik. Tudta, hogy vékony jégen jár, hiszen megkérték arra, hogy várjon ott, ahol helyet kellett foglalnia. Gyorsan megfordult, hogy visszasiessék a kis asztalhoz, amikor... Már nem maradt ideje egy lépést sem tenni.

– Maga a szövetes ember? – visszhangzott a tágas terem egy ember bariton hangjától. A titán hangjától. A szövetes ember azt sem tudta meglepettségében, hogy merre forduljon. Honnan jön a mély hang, mely őt kérdezi? – gondolta. Az biztos ugyan, hogy az a pillanat, az a hang, míg él, benne fog maradni az emlékezeteiben. Villámcsapás volt a titán hangja. A szőttes kapkodta a fejét, de nem látta annak gazdáját. Csak lassú, megfontolt lépések, cipői hangjának kipp-kopp visszhangját hallotta. Egy lépést sem mert tenni. Majd a kipp-kopp megszűnt. Néma feszült csend lett egy pillanatra, s majd újfent visszhangzott a terem a titán harsona hangjától.

– Maga a szövetes ember?

A szőttes ledermedve csak annyit felelt:

– Igen, én vagyok a szőttes ember.

– Jó – mondta a titán. Elfogadtad a meghívásunkat – hangzott a galéria valamelyik sarkából ismét a titán hangja, aki így folytatta:

– Mivel elfogadtad Titánia meghívását, így annak társadalma úgy döntött, hogy bemutathatom a lányomat neked. Nympheae albát. Az arcképet, amiben sejtelmeid bújnak, abban élőben remélem, nem kell csalódnod majd. Hm. – Így mormogott.

– Mert most is az ő arcképét bámulod!

A szőttes szinte beleszédült, ahogy a magasságban kereste a hang forrását. Az a mély hang ismételten szólt hozzá.

– Mit keresel, szövetes ember? – kérdezte a titán.

– Semmit – kapkodta a fejét a szőttes, mire meglátta a titánt a trónusán. Azt sem tudta, meneküljön-e vagy maradjon. De hová? Döntött: a „vagy” mellett. Maradt. Összeszedte magát és észrevéve a titánt a galéria egyik sarkában így szólt. – Én vagyok a szövetes ember. Megtiszteltetés a meghívása. Bár azért szeretném tudni, hogy mit keresek itt.

– Nem keresni jöttél, hanem találni – mondta az öreg titán.

– De mit? – kérdezte a szövetes.

– Azt a valóságot, amit a szöveteidből készült ruháid kölcsönöznek embereknek – válaszolta a titán, majd így folytatta:

– A jelen helyzetben csupán egy ebédre hívtalak, amit te elfogadtál, s így itt vagy. Ennek örülök. A lányom az, aki kéréssel fordul hozzád. Persze csak ha elfogyasztottuk pompás étkeinket, melyet házi szakácsunk, Villa készített.

– Villa? – kérdezte a szőttes.

– William. Csak Villának szólítjuk. Villa – mosolygott, majd így folytatta: – Ismerd meg a lányomat ebéd előtt. Nympheát.

A titán a trónusáról kiáltott egyet. A teremben a falak remegtek.

– Kancellár! Ékesítsd meg, kérlek, eme a napot.

Erre a tükörajtón eltűnt a kancellár, majd ismét megjelenve kísérte ki a dívát. A titán lányát, ilyen szavakkal:

– Titánföld gyöngye örömmel tesz eleget édesapja kérésének, miszerint annak meghívott vendégével ebédel.

A szőttes, amikor meglátta a titán lányát a kancellár mellett, aki méltóságteljesen kísérte be a hölgyet a terített nagyterembe, azt sem tudta, melyik lábára álljon zavarában a gyönyörtől, amikor megpillantotta a titán lányát a kancellár mellett. A kancellár meghajolt a titán trónusa előtt. Mellette Nymphaea a térdét meghajlítva pukedlizett apja tiszteletére, aki tenyerét összeütve, tapsolásával igyekezett viszonozni a gesztust.

– Foglaljunk helyet, lányom. Közben engedd meg, hogy bemutassam neked a díszvendégünket: s szőttest. Ki kérésedre, lányom, elfogadta a meghívásunkat.

A hölgy a kancellár kíséretével a szőttes elé állt, s kezét nyújtva üdvözölte őt.

– A nevem Nympheae alba. Csak Nymphaea, ahogy becéznek. A tündérrózsa. Üdvözlöm apám birtokán. – Majd így folytatta: – Igaz az, hogy fényből készít fonalat?

– Valami olyasmi – mosolygott a szőttes, folytatva: – Napfényből.

– Láthatnék ilyen fonalat? – kérdezte Nymphea hitetlenkedve. A kancellár köhintett, majd a Titánra nézett kaján vigyorral, aki a kezét a magasba emelve mértékletességre utasította őt, majd a leánya felé fordult.

– Hogy láthatnád, Nymphaea? A szőttes dolga, hogy lássa abból a nemes fonalat, és sodorjon abból fonalat – mondta a fejét a szőttes felé fordítva, aki csak így válaszolt:

– Láthatja, uram. Azt mindenki láthatja. Látni lehet, és kell is látni azokat. Csupán szét kell válogatni és a helyükre tenni szálaikat. Ruhakölteményekbe belevarrni, méltóságot adni a szálaknak.

– A szálaknak? – kérdezte az öreg Titán.

– Igen. Az aranyszálakat a kelmébe.

Nymphaea a szőttes felé fordította bársonyos arcát, és mandulaszemeivel a szőttes szemében kereste a választ. Jó helyen kutakodott.

– Hogy tehetem meg? Mármint hogyan láthatnám a fonalat, mely nem megfogható?

A szőttes a lányhoz lépett, majd a Titán felé fordult és fejét biccentve kérdezte: szabad-e? A Titán rábólintott. A szőttes egyik kezét Nymphaea felé nyújtotta tiszteletteljesen. A kancellár feszülten hagyta, hogy a dolgok úgy történjenek, ahogy történniük kell. A lány finom kezeit nyújtotta a szőttes felé, aki azt nem fogta meg, csupán mutatóujját nyújtotta a lány felé. Így a lány is ujjával jelezte: akkor lássuk azt a fonalat. Ujjbegy ujjbegyhez érve, zakatolt a feszültség. Kontraszt abban, hogy tudod, és én nem. De szeretném megismerni. Megismerni azt a ruhát, melyet felölthetnék. Melyet fonalaidból készítesz. Az élet szálaiból. Fényből. A napfényből. Úgy történt. A szőttes mutatóujja párnát varázsolt a szépséges Nymphaea ujjára. Méltóságteljesen az ablakhoz vezette a Titán lányát. Ujjbegy az ujjbegyre tapadva. A szikrázó nap sugarai éltették a táj burjánzó növekedéseit. Hideg vizet melegített az, hüllőket hívott életre. Illatot ajándékozott virágok szépségeinek, hogy „vedd már észre, van tökéletes”. A mozdulatlan elme ürességének tisztasága, ami utat mutat a jellem megerősödéséhez, hogy végül egyedülálló, megismételhetetlen személyiséggé válj. Ez a feszített víztükör. Amibe senkinek nincs joga követ dobni, vagy azt bármivel háborgatni. A mozdulatlan elme csendje a természet békessége. Ahogy te is annak része vagy, ha megérted azt, amit üzent neked. Akkor kivételes emberré válsz majd. Amikor képes leszel majd hallani a mozdulatlan elme csendjének bölcs szavát. Érted majd annak üzenetét, amikor némán szól hozzád, azon az egyetlen napon. Mindegy, hány éves leszel. Az a nap lesz az ideje. Ha nem veszed észre, elúszik majd, és soha nem tér vissza többé.

Virágok pompájukkal, illatukkal, kecses ékességeikkel mutatják az utat, hogy rátalálj. Madarak százféle énekükkel a tiszta levegőben, és minden, ami a természet része, üzen neked. Vedd már észre! Bizony, a természet bennünket kényeztet, azt tenné. Szóval a szőttes megkérte a lányt, bízzék benne.

– Hunyd le a szemed, és próbálj megbízni bennem – mondta. A lány az apjára vetett egy pillantást, aki fejének biccentésével jelezte, halkan mormogva:

– Hát legyen úgy minden, ahogy annak lennie kell.

A nap beragyogott az ablakon. Annak fénye bársonyossá tette mindazon dolgokat, melyet megcirógattak sugarai. A lány arcát épp úgy, mint a szőttesét. Az ablaknál álltak. A szőttes halkan kérdezte a lányt.

– Fújt már a szemedbe a szél, Nymphaea?

– Igen – felelte a lány.

– Mit tettél akkor?

– Hunyorogtam – mosolygott a lány.

– Akkor most nyisd ki a szemed – kérte a szőttes.

– De nem tudom, mert vakít a nap – pillogott a lány.

– Akkor tedd azt, mint amikor port fújt a szemedbe a szél.

A lány hunyorogni kezdett és a szőttes felé fordult, aki csak megemelte szemöldökét, majd így szólt:

– Ne rám hunyorogj, mert ott nem fogod megtalálni azt, amit látni szeretnél. Fordulj a napfény felé, és hunyd le a szemeidet úgy, hogy éppen csak beszűrődjön rajtuk a fény.

A lány követte a kérést, és tette azt. A lelkét ismerte fel abban a pillanatban, mikor a napfénybe nézve, szemeit összezárva látta a hol aranyszínű, hol platina vagy épp titánfényes szálakat.

– Úsznak előttem, szőttes! – suttogta a lány a feszültség minden szikráját elfelejtve.

– Igen. Azok a fonalak a fényből. Látod őket? – kérdezte a szőttes.

– Látom. Sziporkáznak előttem – suttogta a lány fátyolos hangján.

– Ha látod azokat, próbáld őket továbbgondolni. Érezni a bőrödön. Azokban a gondolatokban van Titánia lelke. Múltja és jövője.

– Fonalakat, cérnákat látok, szőttes. Fényes fonalakat, amik egymásba úsznak. Aranyszínűek, kecsesek és finomak.

– Igen. Ebből készítek kelmét. A viseletet. Most gyere vissza – kérte a szőttes.

– Nem akarok! Megnyugtató és békés itt – mondta térdre rogyva Nymphaea.

Ekkor megijedt a Titán és a lánya felé szaladt, aki még mindig a fény szálainak varázsa alatt érezte a gyönyörűség pillanatait. A szőttes maga sem gondolta át, de megálljra szólította az öreg Titánt.

– Ne így, uram! – kérte.

A Titán megállt, és megfékezte indulatait. A szőttes belső zsebéből egy zsebkendő nagyságú szövetet vett elő. Azzal kötötte körbe a lány kezét. Nymphaea abban a pillanatban felállt.

– Mi történt? – kérdezte.

– Semmi, csak találkoztál a fény fonalaival, melyből viseletet készítek másoknak, ha arra engem megkérnek.

– Nekem éppen ilyen különleges viseletre lenne szükségem – ragyogott Nymphaea szeme.

– Miért? – kérdezte a szőttes.

– Azért, hogy azt felöltve találkozhassak azzal az emberrel, aki beúszott a tóban hozzám. Akkor, amikor hozzám úszott, el kellett küldenem őt, hisz' csak a lelkem volt a tündérrózsákban. Nem láthatott engem. A Titán lányát – hebegett Nymphaea, s fejét lehajtva a terített asztalhoz invitálta a meghívott vendéget. A szőttest. Az asztalhoz ültek és várták, hogy William megcsillogtathassa gasztronómiai tudását. Aki tette is a dolgát, kifinomult hozzáértéssel. Közben a szőttes meg merészelte kérdezni Nymphaeát.

– Hogy hívják azt az embert, aki be merészelt úszni? Akkor, ott a tóban.

– Nem tudom. Csak annyit: alba.

– Fehér? – kérdezte a szőttes.

– Fehér – sütötte le szemeit a lány, majd egyetlen szóval zárta: – White. Talán így hívják.

A szőttes elmerengett egy pillanatra, majd mélyet sóhajtva a levegőbe folytatta:

– Őt valamilyen oknál fogva... – Szavát félbeszakítva a napfény felé nézett. – Azt hiszem, találkoztam már vele. A teljes nevét nem ismerem.

– Áruld el nekem, szőttes. Kérlek... – hízelgett a lány.

– Hát, személyesen sohasem találkoztunk, lehet, hogy csak álmodtam.

– De mi volt a neve álmaidban? – kíváncsiskodott Nymphaea.

– Hát, valami LG.

– Az mi?

– Valamikor kapott nevet, de az elkopott az évek során. Így csak egy kódja maradt. Large Geneus Doublejú. LGW. Azaz LG White. A barátai csak LG-nek szólították.

– Találkoznom kell vele. Éreztem a tudatalattimban őt, mikor el kellett küldenem – könyörgött Nymphaea.

– Ez nem fog menni, Nymphaea kedves.

– Miért? Szőttes, miért nem?

– Azért, Nymphaea, mert az ő tollából eredő történet részesei vagyunk csupán. Nem mások. Ha úgy akarja, mi már nem is léteznénk. És ő sem, ha a szerzője úgy akarja.

– Szőttes! Hidd el, keres minket. Ha nem ezt akarná, nem kezdte volna írni a könyvet.

– Talán igaz. De képtelenség, amire kérsz. Az, hogy találkozz az íróddal, aki papírra vetett tollából – mosolygott a szőttes.

– Tudom. De ezért hívtalak ide Titániumba. Hogy készíts nekem olyan viseletet, amit ha magamra öltök, találkozhatok vele emberi valóságában.

– Lehetetlenséget kérsz, Nymphaea. Nem találkozhattok.

– Szőttes, készítsd el nekem életed munkáját. Az igazi haute couture-t. A Titán lányának. Titániáért – kérlelte a lány.

– Szerelmes lettél, Tündém? – kérdezte tapintatosan a szőttes mosolyogva.

Nymphaea elpirult és mentegetőzni kezdett:

– Nem, dehogy... csak Titánia jövőjéért teszem.

– Sok fény kell hozzá – bámult maga elé a szőttes.

Elfogyasztva az ebédet felállt az asztaltól és az öreg Titán felé fordult.

– Titánium ura és parancsolója, ha megbocsájt, indulnék. A vendéglátást köszönöm. Williamnek külön üdvözletem a pompás lakomáért, valamint leányának a kitüntető kedvességéért.

– Szőttes! – hangzott fel a Titán éles, harsogó hangja. – Mi is köszönjük, hogy látogatásoddal megtisztelted a házunkat – fejezte be visszafogott hangon. A szőttes visszatekintve a zsebéből ismét előhúzta azt a kendőt, mit Nymphaea csuklójára font. Azzal azt a lány csuklójára tekerte, visszahívva őt a valóságba. A meseszerű valóságba.

– Ez a kendő szivárványból van készítve. Szükség lesz rá. Őrizze meg az, aki kéréssel fordult hozzám – fordult Nymphaea felé. A lány reményteli szemekkel fogadta el a reményteli ajándékot, s majd rebegő, tündéri hangon kérdezte a szőttest:

– Ezt tekinthetem megállapodásnak?

– Vigyázzon rá, Nymphaea. Én tenni fogom a dolgomat, ami nem lesz egyszerű. Nem tudom mikorra, de elkészítem a kelmét, ha így kívánja. Találkozni fog azzal az emberrel, aki beúszott a tóba.

A Titán összecsapta tenyerét, mire a kancellár a szőttes mellé állva mutatta a kifelé vezető utat. A falból nyíló rejtett ajtó szisszenése jelezte: itt az idő menni. A szőttes, hátrahagyva a Titánt s annak pompáját, még szólt:

– Nymphaea! Vigyázz a darab kelmére.

A lány némán bólintott, s egy könnycsepp csordult ki szeméből. A reménység könnye volt az. A kancellár lekísérte a szőttest a megvilágított alagsoron keresztül a Titán 01-es autóhoz, ahol a követek már várták őt. A szövetes beszállt oda, ahová a követek helyére tessékelték. Elindult a Titán egyes. Kiérve a földalatti labirintusból, az egyik követ a visszapillantó tükörbe nézve megkérdezte a szőttest.

– Milyen volt, szőttes? – vigyorgott.

– Pompás – válaszolta gondterhelten.

– Lazíts kicsit. Zene? – kérdezte a követ, aki az autót vezette.

– Az adagio. Köszönöm.

A követek egymásra pillantva tudták, hogy a Titán nem fogad csak úgy vendéget. Együttéreztek a szőttessel, mikor a hangszórókból úszni kezdett a lélek. Az adagio. A mindenható atyának üzenete. A reménység. A születés. A magány és az elutasítás. A kihasználás és a fájdalom. Valamint az újjászületés. A szőttes egyszer csak otthon találta magát. Leült a kis kecskelábú székére, és elmerengett. Mélyreható gondolatait az az adagio hangjának emléke simogatta. Az cirógatta magányos lelkét. A feladata adott. Sohasem készített olyan fonalat, ami képes áttörni a lehetetlent. Ami képes arra, hogy utat törjön magának. Olyan ez, mint a zsenialitás. Utat tör magának. Egyszerűen utat tör,

meglepően. Utat törni. A leírt képzeletből a valóságba. És neki
ezt kellene tennie, hisz' Nymphaea számít rá. Jaj, szőttes, ké-
pes vagy rá? És akkor a szőttes feltett magában egy kérdést: *A
képzelet hogyan találkozhat a valósággal?* Szemét lehunyva ezt a
hangot hallotta:

– Úgy, ahogy a fényből készítesz kelmét. A képzeleted, a tuda-
talatti éned fogja megvalósítani. Ébredj fel. Gondolj arra az em-
berre, aki beúszott a tóba. LGW-re. Gondolj Nymphaeára. Csak a
szerző vagyok. LGW, akinek meg kell írni a valóságot. A szerző-
je vagyok LGW-nek, és neked is köztesen. A gondolatvarázslód.

Teltek-múltak a napok. A szőttes tette a dolgát, mint ahogy
azt szokta hét közben a piacon. November derekát taposták a
kezdeti fagyok. Aztán hosszú téli esték uralták a fényt. A szőt-
tes nem tehetett semmit. Zúzmara lepte fonalait. Ilyen körülmé-
nyek mellett nem készíthette el a fényből készült kelmét. Meg
kellett várnia a tavaszt. A pillanatot, mikor a napnak nem csak
világossága van, hanem ereje is. Hosszú lesz az idő, mire a meg-
rendelést átadhatja az azt illető tulajdonosának, Nymphaeának.

A fém szívű

A szőttes tette a dolgát, amit a sors rábízott. Egy nap eszébe jutott, hogy a fém szívű küldött neki egy levelet, amit fel sem bontott. Előkereste azt, melyben az állt:

„Szőttes! Az ujjad miatt ne fájjon a fejed, mert az nálam van. Immáron fél szemmel tekintek rád, bár a múltat nem felejtem. A lány, akit szerettél… Baleset volt. Kárpótolni szeretnélek mindazért, amit sérelmedre elkövettem. Sok pénzzel jutalmazlak. Köthetnénk új szövetséget. Bár tudom, régi sosem volt. Látni akarlak, ha fél szemmel is."

A szőttes nem bízott, de úgy gondolta, ad egy esélyt a fém szívűnek, ha már jó útra akar térni. Volt ideje, hisz' fény nélkül úgysem készítheti Nymphaea kelméjét. Így egy napon meglátogatta a fémest. A fém szívű birtokát vérmes kutyák őrizték futóláncon. Nem volt éppen egy vendégbarát hely, ahol a fémes tanyázott. A szőttes megdöngette a hegesztett vaskaput. A kutyák őrjöngve, egymást tépve-mardosva várták a látogatót. A drótost már észre sem vették, ahogy az rozsdától ragadó rongyaiban elment mellettük kaput nyitni, ahol a szőttes várta a bebocsájtást. Akinek csikorogva tárta ki a deres novemberi vaskaput, így makogva:

– Maga még? Már? Itt?

– Neked is jó napot, drótos. Megfognád a kutyákat! – kérte a szőttes.

– Nem kell. Nem harapnak – legyintett a drótos.

– Aha. Azért csak fogd meg őket, kérlek – mondta, miközben a torkában dobogott a szíve a véres kutyák láttán.

– Jól van.

Azzal a vastag, rozsdás lánccal kikötött ebeket magához parancsolta.

– Hektor! Herkules. Ideeee! – nyújtotta el rekedt, rozsdás hangján a parancsszót. A szőttes így békében fáradhatott beljebb vendéglátója meghívására. Gombóc volt a gyomrában, s halkan suttogta:

– Ez itt nem Titánia. No, akkor ennyit a békességről.

A drótos ráparancsolt:

– Itt várj! Gazdám ugyanis ebédel. Megkérdezem, szabad-e zavarni.

Kisvártatva a szőttes hangos üvöltést hallott.

– Hogyne szabadna, te marha! Én hívtam ide!

Szegény drótos, ismét kiforgatva a méltóságából, visszatért a szőtteshez meghunyászkodva.

– Szabad a gazda – mormogott.

A szőttes libabőrös lett ezek hallatán, de úgy gondolta, a fém szívű is megváltozhat talán. Talán szorult belé valami a jóságból, amit sosem gyakorolt élete során. A fém szívű egy nagy vasasztal felett zabált éppen. Mert ez az volt. Zabálás. Mit kell ezen szépíteni? Ez ő volt. A szőttes, mikor meglátta, csak annyit tudott szólni:

– Jó napot, jó étvágyat – s közben Williamra gondolt Titániából. Na, ehhez mit szólna?

A fém szívű két pofára zabálta a zsíros nem tudom mit. Azt leöblítve nem tudom mivel, szólt a szőtteshez. Fröcsögött a nyála.

– Szövetes ember! – törölte zsíros pofáját inge ujjába, majd így folytatta:

– Éhes vagy-e, szőttes?

– Nem. Köszönöm – válaszolta, s ráébredt a valóságra. Hogy vannak dolgok, amik változhatnak, és olyanok, amik sohasem. Hát úgy tűnik, a fém szívű az utóbbiak közé tartozik.

– Mit szeretne? Miért hívott ide? – kérdezte a szőttes közönyös hangon.

– Megajándékozni téged, szőttes.

– Azt már megtetted. Látom, ára is volt – mondta a szőttes a fém szívű kiégett szemére tekintve, amit a fémes saját kohója égetett ki.

– Ja, vannak balesetek. Mint ahogy a kedveseddel is megesett. Baleset volt. Megütötte a bokáját.

– Igen. A te csapdádban, és meghalt.

– Hát, a virágok nyílnak, s hullajtják szirmaikat – legyintett a fém szívű érzéketlenül.

– Talán ez lesz a te sorsod is – dünnyögte a szőttes.

– Talán! – fröcsögött a fémes. – De addig is, üzletet kötnék veled.

– Miféle üzletet? – kérdezte a szőttes.

– Mindenem megvan, szőttes! Nézd, hány tonna fém biztosítja a jövőmet!

– Látom – fogta a fejét a szőttes. De a fém szívű folytatta:

– Mégis. A vasgyűjteményemből hiányzik a Titán vagyona. Úgy hírlik, jártál nála. Látta a drótos a követeit. Azt is, hogy beszálltál a Titán 001-be. A Titán mobilba. Szerezd meg nekem Titánia vagyonát, és én busásan megjutalmazlak érte.

– Sajnos nem tehetek semmit a kéréseddel.

– Akkor miért jártál ott, csóró szövetes?!

– Nem kérni, hanem adni – válaszolt a szőttes alázattal.

– Igazán? – csapott a fém asztalra a fém szívű.

– Igazán – szegezte le fejét a szőttes.

– Mit adtál a semmidből? – fortyogott a fém szívű.

– Reménységet – emelte fejét a fény felé büszkén a szőttes.

– Én pénzt adok érte, szőttes. Sok pénzt, ha elvégzed, amit kell. El kell végezned!

– Jó. Ez jó megállapodás. Elvégzem, amit el kell, hogy végezzek és maradjunk ennyiben.

– Akkor megteszed? – ragyogott a fém szívű egyetlen szeme.

– Tavaszra. Igen, megteszem. Amikor a napnak nem csak fénye, hanem ereje is lesz.

– Ez a beszéd, szőttes! – vigyorgott a fémes, majd arrogánsan így folytatta:

– Most menj. Eleget hallottam. A drótos kikísérte a vendéget, de azt azért még odaszúrta bántón:

– Az ujjad végét nem viszed magaddal, szőttes?

Az megállt, s komótosan megfordulva csak ennyit szólt:

– Nem. Azt itt hagyom neked, hogy legyen mivel kivakarnod magad a mocsokból, drótos – azzal hazaballagott. Otthonában elővett egy üveg fehér bort. Annak nyakát kitekerve megtöltötte poharát, s a félédes, fehér nektárba kortyolt. Olyan harag és gyűlölet kerekedett benne, hogy Titániumban is remegtek a falak. Az asztali naptárát bámulta, amire azon hónap neve volt írva. November. Tudta, hosszú lesz a tél, mire eljön az idő arra, hogy elkészíthesse Nymphaea kelméjét.

– Eljön-e valaha a tavasz? – kérdezte mámorában szédülve.

A tél tényleg hosszú, sötét és hideg volt. Egy nap megállt a háza előtt a drótos. A drótszamárral. Félelmében már csak ordítozni tudott. Saját maga elől is menekült, úgy félt mindenkitől. Nem is csoda a fém szívű mellett.

– Szövetes ember! – ordított. – Gazdám kérdezi, mikor látsz munkához? A gazdámnak sürgős lenne Titánium java.

A szőttes kiállt verandájára és onnan kérdezett:

– Miért a gazdád, drótos?

– Mert etet engem – halkult el a drótos.

– Ezért?

– Ezért.

– Jó, akkor mondd meg a fém szívűnek, hogy elvégzem, amit el kell végeznem. Tavasz végén. Mikor a napnak nem csak fénye lesz, hanem ereje is.

– Jól van, szőttes. De úgy legyen ám! – ült szegény fagyosan a csotrogányra. A kedvesére.

– Úgy lesz az, drótos! – kiáltott utána a szőttes. – Úgy lesz. *Hogy rozsdásodj a bicajodra* – gondolta magában. Hisz' jól tudta: Nymphaea kérése tiszta volt. Azt szívéből kell, hogy megvalósítsa, hisz' szívvel kérték tőle. De meg kellett várnia a tavasz fényeit. Addig nem tehetett semmit.

Az a tél

November vége volt. Elköszönve a zúzmarás reggelektől, helyet adott a decemberi advent idejének. Azaz a várakozásnak. A fém szívű deres fémtornyainak csúcsát fekete varjúkolóniák vették birtokba. Azok károgták el a hideg, ködös reggelek semmirevaló vakságát. Néhány nap múlva egy reggelen puha hó fedte a tájat. Épp úgy a fémesét, ahogy a szőttesét is. Egy ilyen reggelen a szőttes madárkalácsot készített a téli látogatók számára. Verebeknek, cinkéknek, és más tollas társaik számára. Azokat sétája közben gallyakra, faágakra aggatva bámulta más népek házainak ablakában a gyertyák lángjainak fényeit. Néha könynyek ültek a szemeiben, mosolyogva. Megindította szívét a szeretet látványa. Hallgatta a téli fenyvesek sudarainak susogását, ahogy a zord tél borzolta azokat, a halhatatlanság hangját suttogva. Tobozaik között mókusok ugrándoztak, kik néha emberi szemmel nézve viccesen kergetőztek egy-egy finomabb magocskáért. A szőttes szíve megdobbant ilyenkor, és diót, mogyorót szórt a házához vezető ösvényre. Napokig leste, várta, hogy vajon elfogadják-e kis ajándékait az erdőlakók. Nem volt kérdés. Néhány fagyos nap elteltével tucatszám várták a lakomát a kis rágcsálók. A szőttes egyetlen szórakozása ez lett akkor. Azon a télen, azon a karácsonyon ezzel ütötte el az időt. Egyszer tűzifát vágott az erdőben. Onnan hazatérve mókusok és nyuszik várták a fából készült verandáján. Jót nevetett.

– Ma nem volt rágcsálni való? – szólt új barátaihoz, azzal szétszórt vagy fél zsák magocskát. Afféle nyuszicsemegét. Egy napon arra ébredt, hogy az ereszén csordogálni kezdenek a jégcsapok. A téli madárkák felcsipegették a földön maradt maradékokat, melyet a fagyzugos helyek olvadó hava megterített számukra. A napnak halovány fénye volt. Ereje nem. A szőttes a reggeli teáját fogyasztotta verandáján. Az olvadó jégcsapok csepegtek-csordogáltak. Itatták a földanya gyümölcsöző kora tavaszi csíráinak magjait, annak hagymáit. Sáfrány, hóvirág, ibolya és megannyi tavaszi szépség ébredezett. Arra lett figyelmes, hogy kis vendégei is ritkábban látogatják őt. Nem bánta, hisz' a mindent átölelő és uraló természet visszahívta őket oda, ahová a természet megteremtette őket. Ez így van rendjén. Így gondolta. Meglepetten látta, hogy az egyik fa tövében egy fehér hóvirág nyújtózkodott a fény felé. Néhány nap múlva sáfrányokat is talált. Éjszakánként felriadt, amikor hótömegek csúsztak le a háza tetejéről. A fenyvesek tűleveleinek végei ismét üde zöldre cserélték fehér téli paplanjukat, amik védték a hidegben örvös ágaikat. A következő reggeli napon elfogyasztott teája után a postaládájához indult, és mosolyogva vette tudomásul, hogy annak befagyott ajtaja is kiolvadt. Azt kinyitva egy üzenetet talált. Az addig fagyba zárt levélben ez állt.

„Boldog karácsonyt, szőttes. Üdvözlettel: Nymphaea Titániából."

A szőttes elérzékenyült. Nem nézte soha a postáját, hisz' ki is kereshette volna őt nagy magányában. Igen, mert a magány volt a társa, mióta Zinniát elveszítette a fém szívű csapdájában. Később ezt már másképp látta. Rájött, hogy van társa: a csalódás és a kétség. Ez az üzenet számára törődést jelentett. Neki a szeretet törődésben nyilvánult meg. Odafigyelek rád, mert szeretlek. Ez az érzés, mint új barátja lepte meg, mit meg is könnyezett a kétségek szülte kudarcok után. Felébredt benne valami, ami a beteljesedés ábrándját varázsolta szívébe. Megvalósítani azt, amit Nymphaea kért. A fényből szőtt kelmét. Abból egyedi viseletet készíteni.

Egy vasárnap korán kelt. A piacra igyekezett, hogy beszerezze a munkájához való hiányosságokat. Az egyik fenyő ágán egy hóbagoly ült. Nagy szemeivel figyelt, kémlelte az őt körülvevő erdőt, annak aljnövényzetét. A szőttes megállt, és figyelte. A fehér hóbagoly megemelte szárnyait, azokat megfeszítve csapott le reggelijére az utolsó hófoltok egyikébe. Minden mókus a helyére sietett a fákon. A nyuszik üregbe bújtak. A szövetes felfogta: ők csak vendégek voltak csupán. Élik a természet rendjét. Ezek láttán a szövetes a vörösen felkelő nap sugaraiba nézett és így mormogott: – Eljött az idő.

Visszapakolta portékáit és az asztalához ült. Nem ment a piacra. Ott várt, míg a nap fényt nem vetett arra a ládára, melyben a baldachin aludta mély álmát. Az a kelme, amit először készített el életében. Fényből. Az ígért szerelem palástjaként, ami sikerülhetett volna. Zinniának készítette. Nem nyitotta ki a ládát, de folyamatosan azt bámulta. Ezek után, tisztába téve gondolatait, elhatározta, hogy megszabadul a múlt fényességének terheitől. Hisz' az már nem ragyog tovább méltó ékességében. A fényből készült baldachin miatt. Úgy gondolta, azt Titániába küldi, megőrzésre. Letétbe. Nem Nymphaeának, hisz' Nymphaea egyedi viseletét csakis neki, az ő számára készítheti el. De valami oknál fogva szabadulni akart tőle. Az első, fényből készített kelmétől. Meghasadt a szíve a gondolattól is, de tudta, meg kell tennie, hogy felszabaduljon a lelke. Az első, fényből készített kelmétől. Meghasadt a szíve a gondolattól is, de tudta, meg kell tennie. Azért, mert ha igazán szeretsz valakit, azt elengeded, hogy boldog legyen, hisz' senki nem a tulajdonod. Mindenki megismételhetetlen és egyedüli személyiség. Semmi nem kötelező. A párod nem te vagy. A párod az egységed, ami kiegészít téged, ha ő is így gondolja. Ezen gondolatokkal megszelídítve érzelmeit, bátorságot merített. Kinyitotta a ládikát. Abból méltóságteljesen, áhítattal kiemelte a baldachint. Azt a vörösen izzó kandallója mellé, a padlóra terítette. Ott gondosan átsimogatva összehajtogatta. Így, összehajtva a nagy baldachin szinte zsebkendő nagyságú lett. Rétegről rétegre hajtva. Annak sarkai mértani pontossággal illeszkedtek. Egyszerűen egymáshoz simultak, tapadtak a szőttes könnyeitől. A kelmét egy dobozkába tette, majd azt ablaka párkányára, és lefeküdt pihenni. Még nem kelt fel a nap. A Hold őrizte a fényből készített baldachint. A szőttes volt kedvese emlékére. A telihold ezüstfénye világított ablakára, de egy idő után az elé sötét felhő úszott. Odakint minden vaksötétségbe borult. Az ablakon át semmit nem lehetett látni, csak feketeséget. Mégis, láss csodát, a párkányra helyezett baldachin a dobozban saját ékes pompájában ragyogott saját fényében úszva. A szőttes nem hitt a szemének. Azt hitte, álmodik, de amikor kezét annak fényébe emelte, s kezének árnyéka a szemközti falra vetődött, így mormogott:

– Létezik. Újat kell alkotnom.

Meggyőződése volt. Ijedtében a dobozkára egy fedelet tett, leplezve azt, és hátat fordított neki. Majd egy idő után visszafordulva, a dobozkára ujjbegyét helyezte érzékenyen.

– Újat kell alkotnom. S most új utadra engedlek téged, hogy visszatérj hozzám egyszer, Zinnia elegans. Mert így hívták a volt kedvesét: Zinnia elegans (rézvirág). A szőttes átgondolta a tél történéseit, annak üzenetét tudomásul vette. Elfogadta azokat. Kétségtelen, hogy döntést hozott. Elküldi a baldachint Titániába. Megőrzésre. Úgy gondolta, biztonságban lesz ott. Azt a kelmét, melyet Zinniának készített, először életében. Eszében volt a fémes is. Úgy döntött, ha valakit, a drótost bízza meg azzal, hogy kiszállítsa a csomagot Titániába. Olcsó fuvar, és egyben bizalmi próbatétel is. Azon hét napján, mikor a drótos elnyekergett a drótszamárral a szőttes háza előtt, a szőttes utánakiabált:

– Drótos! Állj meg. Üzletet ajánlok.

A drótos lábait a földre támasztva megállította drótszamarat.

– Mi van, szőttes? – kérdezte flegmán. – Milyen üzlet?

– Neked való. Ha ezt a dobozkát elviszed Titániába, azért adok neked száz Titán pénzt – mondta a szőttes.

– Mi van benne? Mi van a dobozban? – vicsorgott félelmében a drótos.

– A Titán lányának rendelése – mondta a szőttes.

– Százat? – kérdezte a drótos.

– Százat.

– Elviszem. Add a százat.

Azzal a szőttes átadta neki a dobozkát a száz Titánpénzzel együtt, majd így folytatta:

– Fontos küldemény, drótos. Mielőbb érjen oda.

– Viszem. Viszem, szőttes – ült bicajára.

Igazából bizalmi próbatétel volt ez is. Megért száz Titán pénzt, hogy a szőttes meggyőződése egyértelművé váljék, kétségen kívül. A helyes út egyértelmű iránya. A szőttes szeretett

volna túllépni kétségein, hogy elkerülje a kudarcot. A kétségek
kudarcát. A drótos ostoba fejével megindult Titániumba, telje-
síteni a szőttes megbízatását. Tényleg lelke volt rajta. Akarta.
Végre érezte, hogy tehet valamit nemes dolgokért. Azonban útja
során összefutott a fém szívűvel. Titánia határánál.

– Hová sietsz, drótos? – kérdezte sandítva a fém szívű.

– Hozzád, gazdám – mentegetőzött.

– Erre? Én nem is erre lakom. Ez irányban Titánia van. Arra
mégy. Mi dolgod arra?

– Azért, mert azt hallottam, errefelé vasak vannak elrejtve,
hogy azokat neked beszolgáltathassam. Csak meg akartam győ-
ződni róla, vajon igaz-e.

– Mit cipelsz a csomagtartón, drótos?

– Mindent, amit kapok vagy találok.

– Mi az a doboz frissen pántlikázva, te ökör? – degenerálta
ismét szerencsétlen drótost a fém szívű. A drótost elhagyta min-
den tartása, és félelmében tócsa kerekedett bakancsa talpa körül.

– Az... a... az a szövetes ember doboza, amit Titániába kül-
detett velem. Üzlet volt csupán – mormogott.

– Add csak ide azt a csomagot! – fújt rá ingerülten a fémes.

– Nem tehetem. Már megfizettek érte. El kell juttatnom Ti-
tániába. Egyenesen a Titán leányának kezébe kell adnom. Ny-
mphaeának.

– Nos, drótos, így dupla üzlet köttetett. Én a szőttessel meg-
egyeztem, hogy hozzásegít a Titán vagyonához. Nevezzük elő-
legnek előzetesben ezt a kis dobozkát. Nem tudod, hogyan, de ez
a doboz soha nem ért oda a címzetthez. És nem foglak bántani.

Azzal letépte a rozsdás bicajról a küldeményt, és hazahúzott
a metálrollerrel. A járművel, amit saját primitív ötleteiből he-
gesztett össze. Igen. Ez is egyedi darab volt. A fém szívűé. Mind-
erről a szőttes semmit sem tudott.

Nymphaeae

Mesés erdő közepén álló házikójába indult a szőttes, megemészteni a történteket. Azt, hogy idegen kézbe adta Zinniának készített kelméjét. Az egyetlen, fényből készült kelmét, melyből elkészült a baldachin. Az nyugtatta csupán, hogy Titániába küldte azt letétbe. Gondolta, jó helyen pihen az majd ott. Viszszaérve a verandájához, megtorpant. Ledermedve ámult a kapaszkodón ülő hóbagoly láttán. Igen. Az a hóbagoly volt, akivel már egyszer volt szerencséje megismerkedni. Nagy, sárga szemeivel bámult a szőttesre, a fejét hol jobbra, hol balra fordítva. Néha megrázta tollait, azokat felborzolva melegítette testét. A szőttes nem értette, hogy mit keres ott. Próbálta elhessegetni a kéretlen vendéget, akinek esze ágában sem volt tágítani onnan. Jól érezte magát ott. A szőttes arra gondolt, talán ha közelebb merészkedik, úgy jár, mint a fémes: ő is fél szemmel lesheti a világot majd. De hát mégis csak az ő otthona ez, nem egy hóbagolyé. Azzal erőt vett magán, és közelebb merészkedett. A hóbagoly nem mozdult, ismételten felborzolta tollait, majd azokat magára simította. A szőttes lassan közelített felé. Már a falépcsőn kopogtak bakancsai talpai, de a madár ettől sem riadt meg. Akkor a szőttes a madár nagy sárga szemeibe nézett, majd a bejárati ajtó felé nyúlt a kilincsért. A bagoly továbbra is a fejét tekergette hol erre, hol arra. Lépett ide, lépett oda, de nem rebbent el. A szőttes bement a házába, rakott a tűzre, majd forró teáját a kezében forgatva az ablak felé sétált. Kéretlen vendége még mindig ott ült. A szőttes gondolatai Titániában jártak. Nymphaeára gondolt. Szerette volna valahogy megköszönni a lány karácsonyi üdvözletét, valamint közölni vele, hogy itt az idő. Megalkotni a kelmét, hisz' a fény napról napra erősödik. Kilépett ajtaján és azon tanakodott, miként adja át üzenetét Nymphaeának. Körbetekintett a portáján, mikor kilépett ajtaján.

A hóbagoly meg sem rezzent. Sárga szemeivel bámult a szőttes szemébe. A szőttes viszont.

A hóbagoly színe fehér – morfondírozott. *Alba, white.* Majd folytatta eszmefuttatását. A madár ragyogó sárga színe nem más, mint a nap ragyogása, annak a tükre. A fényesség tükre. Amiből kelmét kell készítenie. Hihetetlennek tűnt, de igaz. Gondolt egyet, és hozzászólt a menni nem akaró madárhoz.

– Helló! Tudod, itt én lakom. Itt raktam „fészket." Nem mennél haza? Te is a saját fészkedbe? – kérdezte a szőttes. A madár csak ingatta buci fejét.

– Na, jó. Hozok valami begyedbe valót – fordult a konyhába a szőttes, ki rövid időn belül tenyerében magocskákkal tért vissza vendégéhez. Azokat elé szórva várta, hogy elfogadja-e. A madár guanóval hálálkodott, majd megfeszítve szárnyait felreppent, és elillant az erdő felé.

Hát, ennyit a vendégségről – fordult a szőttes a konyhába, mikor hirtelen nagy csörömpölésre kapta fel fejét. Visszafordult a verandára, ahol azt látta, hogy befőttes üvegei szilánkosra törve fekszenek a padlón. Nem volt nagy a baj, csupán visszatért új barátja. Csőrében egy pockot tartva ült ugyanott, ahonnan a magasba emelkedett. A szőttes mellette állt, és néha oda-odatekintve húzta el a szája szélét, látva azt, hogy hogyan is működik a bagolygasztronómia. Elfordítva tekintetét azon töprengett, hogy miképpen üzenhetne Nymphaeának. Aztán megírta gondolatait, hogy szeretne találkozni vele. Egyrészt az új kelme miatt, másrészt, hogy megbizonyosodjon arról, megérkezett-e az a baldachin, amit küldött Titániába, ahová bebocsájtást kérne, mint látogató. Levélben fogalmazta meg kérdéseit, kéréseit, de vajon hogy küldje azt el Titániába? Nem tudta, mit kezdjen a borítékban lezárt írással. A szőttes a bagoly felé fordult, aki szerencsére eltakarította akkorra már elemózsiáját. Nem merte, és nem is akarta elzavarni, így beszélni kezdett hozzá:

– Mit keresel itt? Miért pont engem választottál? – majd lesz, ami lesz alapon a madár felé nyúlt. Feszes, fehér hátát kezdte simogatni. Láss csodát: a madár hagyta. Meg sem rezzent. A nagy, sárga bagolyszemek a szövetes szemeire szegeződtek.

Kölcsönös ragyogás volt ez. A természet egységének varázsa. A szőttes a bagoly fehér tollait simogatta, közben valami késztetés okán beszélt hozzá.

– Láttad már Titániát?

A madár csőréből egy hang jött elő:

– Húúú.

– Visszatalálnál oda? – kérdezte a szőttes kicsit még magát is megmosolyogva, továbbra is a tollas hátát simogatva.

– Hú... – érkezett a válasz.

– Üzenetet küldenék oda. Elbírsz-e egy borítékot?

– Hú.

– Jó, hát próbáljuk meg – bizakodott a szőttes.

– Titánia felől kel a nap. Ha nem bírod, leveted magadról. Az üzenetet Nymphaeának küldöm, és ezen túl csak Hú-nak foglak szólítani. Mr. Hú-nak.

Azzal a kis borítékot Mr. Hú hátára rögzítette, majd így búcsúztatta:

– Mire visszatérsz, öt pockot fogok neked. Jó szelet, Mr. Hú.

Azzal a madár hófehér tollait megborzolva útnak eredt Titánia felé. Egészen Nymphaea ablakáig repült, hátán a szőttes üzenetével. A lány éppen a szobatükröt vallatta.

– Szép vagyok-e annyira, hogy a nap fényt vessen rám? – kérdezte, mikor hirtelen egy nagy puffanásra lett figyelmes. Ijedten az ablakához sietett, ahol egy szédült baglyot látott kapaszkodni a párkányba. Nymphaea kinyitotta az ablakot és besegítette a szárnyast, tekintve, hogy a landolás nem sikerül mindig jól. Levette a madár hátáról a borítékot, majd azt kibontva vízért rohant. Azzal kínálta Mr. Hút. A kapott üzenetet elolvasva azonnal írta a meghívót. Azt kis borítékban a madár hátára erősítette, majd így szólt hozzá:

– Menj most, napfény szemű barátom. Vidd a hírt a szőttesnek, hogy holnap érte megy a titánspeed.

Azzal a baglyot útjára engedte. Repült is a lelkem, hátán az üzenettel a szőttes háza felé. Nagy kerülő lett volna a fém szívű légterét kikerülni, így megpróbált azon átrepülni, de amint a fekete varjak megpillantották, a nyomába eredtek seregestől, hogy aranysárga szemét vegyék. Sebesen szállt a fehér bagoly, ahogy ereje engedte. Mögötte fekete varjak felhője vérszomjasan, kik a bőrére vágytak. A vezérvarjú kicsípett egy fehér tollat a bagoly ékességéből. A többi varjú is utolérte szerencsétlent. Ekkor váratlanul a magasból zuhanórepülésben közéjük vágott az öreg szirti sas. Csapott, csípett, karmolt, csak úgy hullottak a varjak, mint a fekete eső. Leválasztotta a támadókat a fehér bagolyról. A túlélő varjak szétrebbentek, ahányan voltak, anynyifelé. Rég megtanulták, hogy bárkivel, de a szirti sassal soha. Így a hóbagoly, Mr. Hú megérkezett a szőttes házához. A szőttes hallotta, hogy vendég érkezett, és kilépett teraszára.

A bagoly ott ült, hátán az üzenettel. A szőttes levette a terhet Mr. Húról. Megsimogatta a madarat és befelé indult volna a házba, mikor valami eltakarta a nap fényét. Közeledett-közeledett, majd zajosan megforogva a bagoly mellé érkezett hangos szárnycsapásokkal. A szirti sas volt. Igen. Neki is voltak problémái a landolással, épp, mint a bagolynak. De a levegőben még jók. Csőr-csőr tekintetében egymás tollát csipkedve, tisztogatva üdvözölték egymást. Afféle „köszönöm az együttműködést" gesztus volt ez. Így Nymphaea üzenete célba ért. Immáron két szárnyassal bővült a szőttes nem létező családja. A madarak nem tartózkodtak mindig ott, de vissza-visszatérők voltak. Mintha vigyáztak volna a szőttesre. Pirkadatkor a titánspeed már várta a szőttest. A követek nem kopogtattak, nem csengettek. Várták a szőttest, aki felébredve kapujához sietett, üdvözölni őket.

A titánspeed ablaka lecsúszott, mely mögül Titánia követe így szólt:

– Nymphaea vár téged.

– Persze, persze. Indulás előtt innának egy teát? – kérdezte.

– Miért is ne? – nevetett össze a két követ.

– Akkor fáradjanak beljebb! – invitálta őket házába a szőttes.

– Azt nem lehet, szőttes – mondta az egyik követ.

– Miért nem?

– Azért, mert a titánspeed életünk része. Felváltva szállunk ki belőle. A titánspeed mindig készenlétben van.

– Értem. Azonnal jövök – azzal visszaszaladt a házába, és a saját herbájából készített forró teából kedvenc bögréibe öntött. Azokkal kisétált Titánia embereihez. A teát átadta a sofőrnek és kollégájának.

– Köszönjük szőttes – hálálkodtak.

– Igazán nincs mit, egészségükre váljék.

– Ha úgy érzed, felkészültél, gyere és élvezd az utat Titánia felé.

– Igen. Kész vagyok – mondta, azzal beült a titánspeed kényelmébe.

– Mit szeretnél hallgatni?

– Az adagiót.

– Úgy lesz, szőttes. Finom a tea.

– Saját gyógynövényeimből készítettem, uraim.

– Jegyezd már meg! Titániában nincs úr! Elmondta neked ezt a kancellár? Azt, hogy beosztás van csupán. Nem létezik rang vagy rangon aluli. Egységes a társadalom. Titániában mindenki teszi a dolgát. Jól. Ezért ott mindenki király a maga dolgában, a maga tudásával, a saját tevékenységében. Titánia vezére tiszteli ezt népében, aki hálás és becsületes ezért. Mert amilyen a mosdó, olyan a törölköző. Titánia egészséges, modern harmónia. Nos, Nymphaea bizonyára nagyon vár már. Egyébként tényleg képes vagy az álmát megvalósítani? – kérdezte a sofőr.

– Remélhetem csak. – Majd így folytatta válaszát: – Te meg tudnád?

Erre a titánspeed vezetője nem mondott semmit, csupán felhangosította a zenét. Az adagiót. Repült a titánspeed. Szinte úszott az adagio megfoghatatlan zenei tengerén. Titániába érve a kancellár fogadta a szőttest. Mélyreható tisztelet volt hangjában, mellyel üdvözölte őt.

– Nymphaea várja érkezésedet. Előre is köszöni a bizalmadat.

Azzal tovább kísérte egy másik folyosón, ami egy más helyiségbe vezetett, mint ahol eddig vendégül látták. Itt nem tükör ajtó volt, csupán egy függöny, ami mögé a kancellár betessékelte a ház vendégét.

– Kérlek, itt várj, szőttes.

– Rendben – forgatta szemeit, leült és várt. Néhány perc múlva a bársonyos függönysor a földre omlott körülötte. Nymphaea ragyogta be azt. Immáron szeme előtt pompázott.

– Üdvözöllek, szőttes – szólt bársonyos hangján.

– Nekem megtiszteltetés, hölgyem.

– Ez itt Titánia, szőttes. Itt nem kell tisztelegni. Itt mindenki tökéletesen végzi a dolgát. Jól. Te hogyan cselekednél Titániában? Mit tennél, ha megkérnélek valamire? – tárta szét kecses tenyerét törékeny csípője mellett ívesen.

– Tenném a dolgomat. Jól – válaszolt határozottan a szőttes.

– Jól? – kérdezte a lány.

– Talán a legjobban, ha lesz annak értelme végre már.

– Hm. Az értelmet adna, ha elkészítenéd a kelmét? Fényből – kérdezte Nymphaea.

– Ha az nemes célt szolgál, igen. – Majd így folytatta: – Megjegyzem, egy futárral elküldtem az egyetlen, fényből készült baldachint. Egyenesen Titániába, letétbe, megőrzésre.

– Azt a baldachint, amit Zinnia… – A lány lehajtotta a fejét, és nem folytatta tovább.

– Igen. Azt – mondta a szőttes.

– Nem tudok róla, hogy ideért volna – mondta dühödten, meglepve a lány. Izgatott lett, s tüstént a kancellárt hívta.

– Kancellár! Kérlek!

– Már is ott vagyok, Nymphaea kisasszony.

– Kaptunk-e csomagot a napokban?

– Nem kisasszony.

– Azonnal kérdezze meg apámat és a bizalmi munkatársakat!

– Máris, Nymphaea kisasszony – azzal elrohant a kancellár. Nymphaea gondolatait nem felejtve tovább intézte a szőttes felé.

– Meséljen nekem, kérem, Large Genius Doublejúról. LGW-ről. A férfiról, aki a tóban a tavirózsákhoz úszott mezítelen – sütötte le szemeit. – Mi elől menekült, vagy hová menekült, nem tudom, de azt érzem, hogy hozzám.

– Nem tudom, Nymphaea. Talán a valóságtól egy létező valóságba. Egy új világba, ahogy hallottam.

– Miért hagyta el a kedvese? – faggatta tovább Nymphaea. – Úgy hallottam, LGW gondolatai megegyeztek Titánia erkölcsi szabadságával. Annak morális elveivel. Majd így folytatta a szőttes hosszas gondolatait: – Azt, hogy a lány miért hagyta el? Miért hagyta egyedül, magára? Nos, azt hiszem, azért, mert LGW útjainak terheit nem tudta tovább viselni az a lány. Okos volt, de nem volt elég bölcs. LGW gondolatai megfoghatatlanok voltak. Ez egy bizonyos gondolati szinten, hosszú távon nem fenntartható. LGW több, mint ahogy azt a mindennapi környezete lereagálta. Abban a környezetben. Azoknak az embereknek, akik felé tisztelgett. Akiknek szolgált nap mint nap. – Majd kis szünettel a szőttes így folytatta:

–Tudod, mások idejüket azzal töltik, hogy felkelnek és végzik a munkájukat. Családjuk van, elmennek családlátogatásokra, meg effélék. Úgy, ahogy az az alkotott életben természetes. A boldog, élhető életközösség. A család. LGW ezt a csodát csak érintőlegesen élhette meg csupán. Másokat lesve, azok előtt fejet hajtva. Egy igazi családban sosem volt része. Csupán megmutatták neki. És amikor már-már elhitte, hogy létezik, faképnél hagyták. Mert párjának könnyebb volt menekülni mások befolyása alatt, mint megvívni a csatát. Valakivel, valami felé, akit úgy hívott, szeretlek. Így LGW serege kedvesével együtt kezdett elfogyni lassan, s ő egyedül nézett szembe az élet kihívásaival, annak kudarcaival. Nem tudni, mi volt a spirituális erő, melyet lelkébe kódoltak. De ott volt benne. Benne minden szenvedés naponta. Bízott, és tette a dolgát, hogy célt érjen. Elvárta tőle a Földanya, aki cserébe részévé tette őt. LGW-t. Az Univerzum nagy egységének részeként. Rezgése lett annak. Ha nem látod, akkor is ott van. Az Univerzum végeláthatatlan egységének része. Nem más ő, Nymphaea, hanem az őstermészet egységének kiegészítője. Több, mint adószáma az épp aktuális rendszernek, mely mindent birtokol. Ő sehová nem tartozik. Lehet, hogy senki nem lesz a sírjánál, mikor lelkét a teremtője magához rendeli. Az igazság az, hogy már itt sem kellene lennie. De valami vagy valaki mégis tőle vár valamit még. Ezért nem hagyja elmenni. Hogy idejekorán az enyészetté váljon a hiábavalóságokért. Ha az anyatermészetnek ez lett volna a célja, megtehette volna megannyiszor. Megpróbálta az élet megölni, de valahogy mindig utánakapott. Nem engedte el végleg. Sanyargatta. Méltóságát, morális elveit, és fizikumát. Nem tudom, miért tartotta állandó nyomás alatt, de abban biztos vagyok, hogy terve volt vele. Ennyit tudok elmondani, Nymphaea, Large Genius Doublejúról. LGW-ről – fejezte be a szőttes.

A lány térdére hajtotta a fejét, majd így szólt halkan:

– Ki a teremtője, szőttes?

– A mindenhatót még nem ismerem. Azt tudom, hogy van egy szerzője. Ő az alteregója.

Azután némaság lett a teremben. Percekig, míg azt a kancellár meg nem törte érkezésével.

– Nymphaea! Nymphaea! – rohant. – Senki sem kapott küldeményt. Titánia nem kapta meg. Azt senki sem látta. Ide nem érkezett. Eltűnt útjának során.

– Az egyetlen darabja a napfényből készült szövetnek – jegyezte meg Nymphaea, majd így folytatta:

– Kinek adta, szőttes? Ki volt a futár?

– A drótos. A fém szívű szolgája. Olcsó fuvarnak tűnt.

– Miért bíztál benne? – fogta a fejét Nymphaea.

– Mert nekem senkim sincs. Kivel küldtem volna el? – mentegetőzött a szőttes.

– Gyalog hoztad volna el magad ezt a különlegességet – villogtatta szemeit Nymphaea.

– Gondoltam, hamarább ideér a futárral – válaszolt a szőttes belátón. Sajnálom.

– Akkor a Zinniának készített kelme már a fémes szívű kezében van – jegyezte meg Nymphaea. A szőttes csak nevetett, majd így folytatta:

– Ne aggódj. Ha azt kibontja majd a fémes, olvadni fog körülötte minden. Ha azt magára teríti, ott ég el szénné. Mert idegen testet ölt a kelme, melyet a nap fényéből készítettem. Az miatt, hogy ezt a kelmét nem rá szabtam. Ez a kelme nem az ő mérete.

– Értem én, de mikor és hogyan találkozhatok LGW-vel?

– Amikor elkészült az új kelme. Ha a nap fénye elég erős lesz ahhoz, hogy fényes szálait megfoghassam. A tündöklő ragyogás csak néma értelemmel érhető el. A viseletedet úgy készítem el, hogy találkozhass LGW-vel. De nem maradhatsz vele örökre, csupán találkozhattok.

– Miért nem?

– Mert LGW az írónk. Létezünk, mert megteremtett bennünket. Mindenkit, aki fontos a könyvében. Lehetetlent kérsz tőlem, Nymphaea. A viseletet el fogom készíteni kedvedre. Azt felöltve találkozhatsz vele, de ez csak átmeneti valóság lesz. Egy álom, ami megvalósulhat rövid időre. De nem lehet állandó. Nem maradhatsz vele.

– Miért, szőttes?

– Mert LGW az írónk.

– De ha mégis beleszeretek?

– Nymphaea. Létezünk, mert megteremtett minket. Mindenkit, aki fontos számára. De nem léphetünk ki a sorok közül. Nem szerethetsz bele az íródba.

– Találkoznom kell vele, szőtte! – könyörgött a lány. – Azt álmodtam egyszer, hogy lesz egy férfi, aki Titániát védi majd. Mezítelen érkezik és sebeiből erősödve halhatatlanná válik, mert a méltósága sosem hal meg.

– Nymphaea. Egyszer minden az enyészeté lesz. Megvarrom neked azt a kosztümöt. Fényből. Találkozhatsz LGW-vel, de nem maradhatsz vele. Láthatod, érintheted a viseletben, melyet rád szabok, de nem élhetsz vele. Lehetetlent kérsz.

– Jól van, menj és tedd, amit tenned kell. A titánspeed mindig rendelkezésedre áll. Csak üzenj valahogy, ha kész a haute couture számomra.

– Így lesz, Nympaea – majd ujjbegyét Nymphaea ujjbegyéhez tartva búcsúzott. Nymphaea fogadta a méltóságteljes gesztust.

– Legyen úgy, szőttes! – majd jobb kezét elfordítva egy fal felé irányította vendégét. Ujjának csettintésére megnyíltak a falak, ahol a kancellár várta utasát, majd továbbkísérte a titánspeedig. Annak ajtaját kinyitva az egyik követ kérte, hogy a szőttes helyezze magát kényelembe.

– Zene?

– Ahogy tetszik – válaszolt gondterhelten. Az „ahogy tet-szik" gondolatára a titánspeed szinte repült a szőttes házáig az adagio hangjai szárnyán.

A kelme

A nap fényesen ragyogta be a látóhatárt. A nap minden élni vágyó halandóját, akik végezték a dolgukat – jól. Ahogy Titániában mindenki más tette. Mindenki ugyanannyi pénzt kapott. Választhatta a hivatását, mert a kőműves vagy ács éppen olyan fontos volt, mint a doktor vagy a tanár. Éppen ezért az öreg titán mindenkinek ugyanannyit osztott megélhetésre. Háromszázezer titánpénzt. Mindenkinek ennyivel kellett gazdálkodnia. Volt, aki két házra gyűjtögetett belőle, volt, aki párnák közé varrta. Mindenki arra költhetett, amire akart. Mert ebben a társadalomban mindenki tette a dolgát – jól –, amit ő, vagy bárki hivatásul választott a közösség érdekében. Titániában nem voltak adók. Aki nem akart dolgozni, az előbb vagy utóbb a fém szívű lelketlen kohójában találta magát. A fémnyúzdában. A vasgyárban. Ahogy a drótos is.

Azért nem kellett adót fizetni, mert Titánia lakói önkéntesen is, szabad akaratukból fizettek a saját jóléti szabadságukért. És mindenki végezte a dolgát – jól. Mert tudták, hogy Titániát csak közösen tarthatják fent. Így pezsdült tőlük az élet. Ez volt Titánia lelke. Kitavaszodott. Egy ilyen napon történt, hogy a szőttes egy átbőgött éjszaka után letérdelt seiza-ba és a nap sugaraiba hunyorgott. Kiválasztotta abból a legmarkánsabban úszó fényszálakat. Azokat szívébe zárta. Mögöttük nem volt gondolat vagy elképzelés. Szűz fény volt az, minek nyalábjait begyűjtötte a szőttes. Azt szinte maga köré csavarta gombolyagként. Így ballagott a házába. Órákba tellett begyűjteni ezeket a fénynyalábokat. Ennek varázsa alatt kelmegyűjteményéhez sietett. Azokat szétterítette, kihajtogatta. Tenyerét rájuk fordítva elsétált mellettük. Így mormogott a kelmék felett:

– Fényt hoztam nektek. Ki az, aki hozzám szól? – kérdezte, bársonyos tenyerét a kelmékre fordítva. Egy sem mozdult meg. Egy sem szólt hozzá.

– Féltek a fénytől? Ti, selyem, bársony és más finom szőttek? Féltek a fénytől? – kérdezte. Hogy valósítom meg Nymphaea kelméjét így?! – csapott az asztalra mérgesen. Majd leült szobájának egyik meleg sarkába és ott meditált. A vele szemben lévő fal sarkában észrevett egy nagy pókhálót.

Ajjaj. Letakarítja azt, ne éktelenkedjen otthonában. Amint nekilátott, az a pókháló kirántotta a partvist kezéből. Elejtette a partvist. Gondolt egyet, és a pókháló végét megfogva azt elkezdte csévéjére tekerni. Nem szakadt el. Egyre feszesebben tűrte. A gombolyag csak nőtt-nőtt, egyre nagyobbra. Kilenc gombolyagot gömbölyített a hálókból, amit a lakásban talált. Kilenc napot ült a rokkája felett, majd kilencet a szövőszéke felett. Pókhálóból és fényből készítette az új kelmét. Kilenc tűvel varrta azt, és három napon át vasalta annak hajtásait, hogy az tökéletesen illeszkedjen viselőjére majd. Két pókhálószál, egy fény-nyaláb. Így sodorta fonalát. Ez volt a recept. Az ebből a kelméből készült ruhadarabot három napfényes napra kiakasztotta verandájára, hogy az ott pompázzék. Ragyogjon a nap fényében. Aztán összehajtogatta, vasalását élére lapolgatta. Dobozba tette, majd egy napon elindult vele Titánia felé gyalog. Három napot gyalogolt. Fejét a tavaszodó párnákon, mohákon és efféle puhaságokon reszketve hajtotta le, mire Titánia határához ért. Annak peremén egy őr várta.

– Jó napot! – vágta oda nyers hangon az őr.

– Jó napot. Csomagot hoztam Nymphaea kisasszonynak.

– Mára nincs vendég bejegyezve a kisasszonyhoz – mondta nyersen az őr.

– De Nymphaea kisasszony azt kérte, ha kész a munka...

– Tűnjön el! Nymphaea nem vár ma vendéget. Megértettél? – mondta arrogánsan, majd sokkolójával fenyegette a szőttest. Azzal elküldte a csomagjával együtt. Nem tehetett mást, csalódottan elindult kis kuckójába hazafelé. Egyszer csak a távolban egy nagy porfelhőt látott, ami gyorsan közeledett felé, ami már a porködben ott is volt a lába előtt. A Titánspeed állt előtte, mire leszállt a felvert por.

– Eltévedtél, szőttes? – vigyorgott az egyik ismerős követ, kikukucskálva a résre lehúzott ablakon.

– Nem. Tudtam, hová jövök, mert jönnöm kellett, hisz' elkészült az ajándék. Nymphaea ajándéka.

– Miért nem vitted be?

– Akartam, de az az ember… – gondolt az őrre.

– Az az ember végzi a dolgát. Jól – közölte a követ. Majd folytatva annyit fűzött hozzá: – Ez Titánia.

– Igen. Értem. Igaz – vette tudomásul a szőttes. – Ne menj haza, szőttes. Ülj a Titánspeedbe, és átadjuk Nymphaea ajándékát. Azzal a szőttes beült a Titánspeedbe. A speed megállt Titánia kapuja előtt. A kapunál az őr csak így kérdezett titánszilárd hangon:

– Azonosító? LG. Whitelord – felelte a követ. – Utas, csomag? – kérdezte nyerses hangján a kapuőr.

– A szőttes, és annak csomagja. Az az ember, akit elküldtél nemrégiben.

– Akit elküldtem, egy csavargó volt.

– Nem. Ő Nymphaea díszvendége – mondta a követ, aki a Titánspeedet vezette, majd így folytatta: – Helyesen cselekedtél, őrzőnk. Megemlítem Nymphaeának, hogy vigyáztál a biztonságára.

– Bocsánat, de nem tájékoztattak az idegen érkezéséről. Azért kérném, hogy álljanak be a titánröntgenbe.

A rövid procedúra után az őr így szólt a hangosbemondón:

– A titánspeed tiszta. Utasa tiszta. Csomagja nem veszélyes, de a megfogalmazhatatlan kategóriába sorolta a biztonsági szkenner. Még egyszer kérném a biztonsági azonosítót.

A Titánspeed utasai egymás felé fordították a fejüket, majd azt fogva egyöntetűen hangosan mondták:

– LG. Whitelord.

– Mehet! Elfogadva – recsegte a mikrofon az őr határozott döntésének hangját. Így a Titánspeed elillant utasával és a csomaggal, amit a szőttes hozott. A kancellár várta őket, mint mindenkor.

– Megérkeztek? Elnézést a kényelmetlenségekért, de ez a titán protokoll. Jó napot, szőttes. Mint már ismer, köszöntöm, mint Titánia kancellárja. Nem tudom, minek köszönhetjük ismételt látogatását, de hát nem is dolgom. Én csak közvetítek. Szóval, miért is jött?

– Kancellár úr... – szólalt volna meg a szőttes, de a kancellár közbeszólt: – Nincs Titániában úr meg szolga. Jegyezd már meg! Egyszer majd elmagyarázom, mitől egészséges Titánia társadalmi berendezkedése.

– Értem, kancellár. De Nymphaea rendelése elkészült. Azt hoztam el személyesen.

– Jó. Itt várjon – mondta kimért hangján a kancellár.

– Nem! Személyesen kell átadnom – védekezett a szőttes.

– Itt én vagyok a „személyesen". Itt várjon. A kisasszony ma nem fogad vendéget – vágta oda a kancellár. Mit volt mit tenni, a szőttes átadta a csomagot, majd várt. Közben az egyik követ megszólalt, végre oldva a feszültséget.

– Ne aggódj, szőttes. Ez Titánia. Itt így mennek a dolgok.

– Értem – hajtotta le fejét a szövetes ember.

Hamarosan visszaérkezett a kancellár kezében kis dobozkát markolászva, s így szólt:

– A kisasszony köszöni szépen a munkádat. Ezt a dobozkát küldi neked. Ami benne van, azon senkit nem tudsz elérni, és persze ő is téged. Most a titánspeed hazavisz. Köszönet a fáradozásaidért. Nymphaea keresni fog.

– Üzenem neki, hogy az egyedi ruhakölteményt csakis én igazíthatom megrendelőjére, hogy az passzos legyen. Mint a haute couture készítője.

– Ezt majd Nymphaea eldönti, szőttes – jött a nyers válasz, azzal a Titánspeed elillant.

Nymphaea a vallató tükre előtt ülve bámulta a csomagot. Az ott feküdt mozdulatlan a fésülködőasztalán, ahogy azt a kancellár odatette. Nymphaea igazi nőből volt. Hajtotta a kíváncsiság. Egyedül volt. Senki nem láthatta. A doboz egy hófehér plüss szalaggal volt körbekötve. Nem volt rajta masni. A szalagok átfedései alatt egy fehér, illatos tavaszi virág volt. A convallaria majalis. Népi nevén gyöngyvirág. Hirdetője az újraszülető életnek. Nymphaea fitos orrával csak az illatot lopta el tőlük. Na, jó. A gyöngyvirágok harangocska szirmai neki ajándékozták illatukat. Nymphaea élvezte az édeskés, friss illatot, majd így szólt hozzájuk:

– Szomjasak vagytok-e? Ugye, azok? – majd elrohant kis üvegkelyhébe friss vizet tölteni, azzal ajándékozva virágait. Finom ujjai egy rántással kitépték a csokrot a pántlikák alól, s azonnal friss vízzel teli kelyhecskébe tette. Majd megjegyezte:

– Szépek vagytok. Gyönyörűek. Most itt, az asztalom sarkán illatozzatok – azzal odatette őket. Egy mosoly ragyogott az arcán. Így köszönte meg a gyöngyvirágoknak, hogy szépségükkel és illatukkal megtisztelték őt. Azonban mégis a dobozra terelődött figyelme. Egy ideig nézte, majd ábrándjait, álmait vélte felfedezni a mögöttes tartalomban. Nagy volt a kísértés. Hisz' ő a címzett. Neki küldték.

Akkor mi baj lehet, ha felbontja? Ezzel a meggyőződéssel egyik ujjbegyét az egyik pántlika alá fűzte, majd szemét behunyva rántott azon egyet. A kötés leszakadt a dobozról, s a doboz négyfelé omlott. Nymphaea a szemét kinyitva nem látott mást, csak egy újabb dobozt, amin már nem volt szalag. Csak egy üzenet. Az üzeneten ez állt:

„A viseletet, amit neked készítettem, azt csak én adhatom a megrendelőre. Azért, hogy az passzos legyen, s elérje benne célját. Bár ez legyen a te döntésed. Ez mindig mindenkinek a saját döntése. De a később biztos. A meggondolatlan csak azért is kétséges." Nymphaea hátradőlt a foteljában, elgondolkodott, majd ismét felállt s a dobozhoz ment. Mutatóujjának begyével átsimogatta a doboz éleit, majd azt otthagyta az asztalán. Ágyába bújt, és megerősítette álmát az, hogy helyesen cselekedett. Hiszen azért adta a szőttesnek a titánfont, hogy ha kell, értekezzenek. Így a legpuhább vánkosa a tiszta lelkiismeret maradt. Álomba szenderült, és álmai tisztaságában újra látta a férfit, aki a tóba úszott. Látta elszánt arcát, kétségbeesését. Átélte megint, ahogy szirmaihoz ér, mert a hínár elengedte, hogy az a férfi ezt megtehesse. S Nymphaea mégis elküldte akkor, mikor az a férfi a lelkébe nézett. Tündérrózsája bibéjébe. Akkor látta utoljára. Most azonban itt a kelme, ami lehetővé teheti az új találkozást. Nymphaeát édes álmai kísérték vissza a valóságba, hogy tündöklő szemei belenézhessenek a reggeli fénybe, amik a kancellár kopogtatására nyíltak meg.

– Jó reggelt, Nymphaea kisasszony. Reggelit parancsol?

– Jó reggelt, kancellár! – ébredt vidáman kipattanva ágyából, s már nyitotta az ajtót. A kancellár kihúzva magát, tiszteletteljesen kérdezte:

– Hogy aludt, kisasszony?

– Köszönöm, jól. Furcsa, de szép álmaim voltak.

– Örömtelik? – mosolygott a kancellár.

– Nem. Inkább rejtélyesek – sütötte le szemeit a lány.

– Hogy az megvalósuljon, tudok-e tenni valamit? – kérdezte a kancellár kissé restelkedve.

– Nem. Köszönöm. Nálam a titánfon. Majd inkább megteszem én, ha elég bátor leszek hozzá – nevetett.

– Értem, kisasszony. Ám úgy legyen.

– Igen, és kérek reggelit – ragyogott Nymphaea –, kérek. Kérek szépen bundáskenyeret, meg teát és egy mosolyt, és még azt, hogy Titánia kancellárja velem tartson a mai reggelim alkalmával.

– Igen, Nymphaea. Villát kérem, és készül a reggelije, kisasszony.

– A reggelink, kancellár! – kacagott Nymphaea.

– Jó, jó. A reggelink – azzal elviharzott. Nymphaea az ablakon át beszűrődő napfény sugaraiban öltözködött, majd piruettezve fordult a kelyhekben lévő gyöngyvirágok felé. Azokat kényeztetve körbesimogatta, majd lopva illatukat dicsérte szépségüket. Az a convallaria majalis erősebb illattal bírt, mint valaha.

A reggeli megérkezett, és azt jóízűen elfogyasztották a kancellárral, amikor Nymphaea így szólt:

– Köszönöm, kancellár, a reggelit. Villának üzenem, hogy kedvemre való volt, amit készített. Neked pedig a kellemes asztaltársaságot. Azonban kérlek, most hagyj magamra – nézett a dobozban lapuló kelmére, majd így folytatta: – Köszönöm a kedves társaságot a reggelimhez.

– Döntsön bölcsen, kisasszony, és ne féljen.

– Nem félek, kancellár... de, félek – látta be.

– Kisasszony. Nem lesz baj – mondta a kancellár, s azzal magára hagyta Nymphaát.

Haute couture

Nymphaea ragyogása abbamaradt kissé kisé, mikor a pakkra nézett, melyet a szőttes küldött neki. Érezte annak súlyát. Az abban rejlő csodát vagy változást. Tudta jól, hogy változás lesz, ha felnyitja azt a dobozt. Reszketve fogta meg a titánfont, majd ujjaival bepötyögte az LG Whitelord – LGW kódot. A titánfon másik végén a szőttes szólt:

– Nymphaea! Állok rendelkezésedre.

– Szőttes, akarom, hogy a kelméből készült viseletet te öltsd fel rám. A haute couture-t.

– Mi legyen akkor, Nymphaea? Mikor szeretné?

– Mielőbb, szőttes. Mielőbb – mondta sürgetve. – Holnap talán, vagy holnapután... vagy azután. Magam sem tudom – kérte Nymphaea kicsit szétszórtan.

– Szerelmes lett, Nymphaea kisasszony? – érdeklődött a szőttes tapintatosan.

– Jaj, szőttes... ne kisasszonyozzon már, kérem, tegeződjünk – fogadta bizalmába a viselet készítőjét.

– Nymphaea, elmondtam. Találkozni tudtok majd, de soha nem lehet LG a tiéd. Ő az íród. Az ő tollából létezünk. Nem mehet át Titániába.

– Mégis, kérlek, szőttes... valami oka volt, hogy ott a tóban találkoznunk kellett.

– Talán igazad lehet, Nymphaea. Akkor járjunk a végére. Jó lesz így? – kérdezte a szőttes megértő hangon.

– Jó. Remélem, jó. Akkor, amikor a Titánspeed megáll a házad előtt, én várni foglak abban az órában.

– Rendben, Nymphaea. A viseletet rád öltöm, de a fájdalmát ugyanúgy kell viselned majd, mint annak örömét.

– Vállalom, szőttes – jegyezte meg céltudatosan a lány.

– Jól gondold meg a döntésedet – suttogott a szőttes.

– Átgondoltam. Titániát LG White lordsága mentheti meg.
Apám öreg már Titániát vezetni, azt összetartani. De LG Whitelord Titánia büszkesége lehet még. Nemes lelkű. Éreztem, ahogy
hozzám ért ott a tóban.

– Értem Nymphaea. Felöltöm rád a fényből készült viseletet, amikor a Titánspeed értem jön. Legyen az időpont a te döntésed, hogy mikor.

– Köszönöm, szőttes, köszönöm – azzal letette a titánfont.
Ágynak esett, és könnyeivel áztatta párnáját. Néhány nap elteltével a titánfon csengőhangja harsogott a szőttesnél. Abból az
adagio szólt. Nymphaea volt a hívó, természetesen.

– Jó napot, szőttes, szép napot neked. Rám öltenéd a haute couture-t, amit nekem készítettél? – kérdezte meggyőződött hangon.

– A legőszintébb tisztelettel teszem azt, őszinte szeretettel
és reménnyel – mondta a szőttes.

– Köszönöm. A titánspeed tíz percen belül a házad előtt vár
majd – azzal Nymphaea kikapcsolta a titánfont. A szőttesnek nem
sok ideje maradt. Kapkodni kezdett. Azt sem tudta, mit kapjon
magára, hisz' pont neki nem varrt viseletet senki. Így csinosan öltötte fel a régit, amivel a mindenható ellátta, az ódivatú ruhakölteményt. Megfésülködve, kiborotválkozva. Láss csodát, még jól is
állt neki. Várt egy kicsit. Tíz perc az tíz perc volt. A titánspeed ott
állt a szőttes háza előtt. A szőttes kirohant, és a követeket kérdezte:

– Teát, uraim?

– Sietünk, szőttes. Nem kérünk.

– Értem – azzal beült a titánspeedbe. Az meg sem állt Titániáig. Titánia kapujánál az őr ismét kérdezte:

– Belépési jelszó?! – nézett mogorván.

– LG Whitelord. Sürgős csomag – mondta a követ.

– Sürgősségi jelszó?!

– Nymphaea alba – válaszolt a követ.

– Megerősítve. Mehet – integetett zöld fényű lámpájával. A
szőttes kiszállt a titánspeedből. Várta a kancellárt, de az nem
jött elé. Az egyik követ a lifthez kísérte a szőttest. A lift ajtaja
megnyílt, ami mögül az öreg Titán szólt a szőtteshez.

– Jó napot. Rég találkoztunk. Hallom, hogy a leányom számára fontos a tudás – dörmögött mély hangján.

– Igen, uram. Mármint Titánia méltósága. Fontos. Mert hát itt nincs úr, csak méltóságteljes valóság.

– Így van, szőttes – mondta az öreg titán, majd így folytatta:

– Lesz egy külön szobád. Holnap a leányommal fogsz beszélgetni. Most kérlek, a kijelölt szobádban helyezd magad kényelembe – invitálta Titánia vendégét birodalmába. A szőttes egy zölden villogó táblára lett figyelmes. Nyitva állt előtte az ajtó. Belegondolt, hogy ő most Titánia díszvendége? És igen. Annak minden komfortját, kényelmét használhatja. Úgy is tett. Aztán lehajtotta fejét egy olyan ágyba, hogy még a sajátjában sem aludt olyan mélyen, nyugodtan, mint Titánia vendégágyában. Virradt a másnap ragyogása. Ragyogása a napnak, mi beköszönt fényével ablakán. Ágyát cirógatva, hogy ébredjék. A szőttes élvezte minden pillanatát a kényelemnek, melyet már rég nem tapasztalt. Nyújtózva egyet, ásítva a nap fényébe nézett.

– Jó reggelt – mosolygott. – Ugye nem hozol szégyent rám? – kérdezte, de abban a pillanatban kopogtattak vendégszobája ajtaján.

– Jó reggelt! Fogyassza egészséggel Villa reggelijét, aki üdvözletét küldi – szólt egy hang az ajtó mögül. A szőttes résre tárta az ajtót. Az előtt egy teatrolit látott a folyosón. Fogta azt, majd betolta ideiglenes lakosztályába. Becsukta az ajtót, leült és falni kezdte a finomságokat, melyet William, a házi szakács készített számára. Élvezte minden pillanatát Titánia vendégszeretetének.

A nap beragyogott ablakán. Annak sugarai édessé tették a perceket, melyet ott átélhetett. Az talán a szívébe égett örökre. Eközben a titánfon játszani kezdte az adagiót. A szőttes felvette azt.

– Jó reggelt, szőttes – hangzott Nymphaea hangja.

– Jó reggelt – válaszolt a szőttes kipihenten.

– Hogy telt az éjszaka Titániában? – kérdezte mosolygós hangján Nymphaea.

– Sosem aludtam még ilyen tiszta, mélységes álomban. Mintha újraszülettem volna.

– Ennek örülök. Egy óra múlva a kancellár elkíséri hozzám – készült Nymphaea.

– Értem – azzal letette a titánfont. Egy órája maradt. Addig seizában meditált. Eljött az idő. Szobája ajtaján ismét kopogtattak. A kancellár volt, aki így intézte szavait röviden.

– Üdvözletem, szőttes. Nymphaea öltözködni szeretne.

– Igen. Tudom. Egy pillanat.

Majd a kancellár felkísérte a szőttest Nymphaea privát szobájához. Annak ajtaján bekopogtatott.

– Nymphaea! Titánia lánya. A szőttes áll mellettem.

– Igen. Nyitom – azzal kitárta privát szobája ajtaját. Végigmérte éles szemével a szőttest és a kancellárt, majd így szólt:

– Jöjjön, szőttes! – azzal becsukta volna az ajtót, de a kancellár tolakodott volna befelé.

– Nem, kancellár! Ez személyes. Kint kell maradnia – mondta határozottan.

– De Nymphaea kisasszony. Vigyáznom kell...

– Vigyázok magamra! – utasította el a titán lánya. Így a kancellár az ajtón kívül rekedt, megjegyezve:

– Akkor majd figyelek az ajtó előtt, és fülelek.

– Tedd azt, kancellár. Az biztos segíteni fog – nevetett.

Azzal a szőttes és Nymphaea magukra zárták a privát szoba ajtaját. A szőttes a kelméhez indult és így kérdezett:

– Nem merte kibontani, Nymphaea?

– Nem. Féltem a teremtett valóságtól – mondta.

– Jó. Akkor majd én kicsomagolom.

– Jó, és én addig mit tegyek? – kérdezte a lány kissé megkönnyebbülve.

– Vetkőzzön, Nymphaea – nézett a lányra.

– Hogy mit csináljak? – kerekedett a lány szeme.

– Vetkőzzön, mint ahogy azt megtette LG ott a tó szélén, mikor beúszott a tavirózsa szirmaihoz – mondta kimért hangon a szőttes.

– Mezítelenre? – nézett a lány maga elé a semmibe.

– Miért? A tóban hogy úszott az a férfi, akivel szeretne találkozni? – kérdezte a szőttes kicsit értetlenkedve.

– Meztelen, és a méltóságát adta nekem ott, akkor – felelt Nymphaea.

– Így van. Behunyom a szemem, úgy öltöm a viseletet kiskegyedre.

– Jól van, ha ez az ára. Látni akarom LG-t.

Majd a lány elhúzódott kissé. Közben a szőttes kiemelte a kelméből készült ruhadarabot a dobozból. A lány szűzanya meztelen állt szobája közepén, bájait takargatva szemérmesen. Csakis az ablakon beszűrődő nap fénye láthatta, az óvhatta bársonyos bőrét, mi ettől ragyogott igazán. A szőttes rántott egyet a viseleten, majd azt egy szempillantás alatt a lányra terítette. A lánynak ideje sem maradt arra, hogy próbálkozzék abba belebújni, hisz' az egyedi darab, a haute couture neki készült, ami azonnal védte és ékesítette törékeny porcikáit. Az fénnyel nyalábolta körbe ékes vonalait. Egy pillanatra csak annak ragyogó sziluettje látszott, majd lassan élessé vált a kép.

– Megigazíthatom, mielőtt a tükörbe néz, hölgyem? – kérdezte a szőttes mosolyogva.

– Persze – zihálta a lány.

– Hogy érzi magát, Nymphaea? – lépett hozzá közelebb a szőttes, hogy ráigazítsa a vasalt lapolásokat, fodrokat és masnikat.

– Jelenleg sehogy. Azaz, nagyon is furcsán – kezdett fellélegezni Nymphaea. A szőttes kifinomult, puha ujjai tenyérbe fogva kezdték lapítgatva igazítani a ruhaköltemény vasalt, egymásra simuló hajtogatásait. Apró csipkéit önmegtartóztatásra és alázatra parancsolta. Éleit nemességre intette. A masniktól örök hűséget kért, ahogy azokat meghúzta. A fonalakba szőtt pókháló csillogásától szövetséget. Nymphaeától csak ennyit:

– Elöl kész. Most fordulj meg, kérlek. Kényelmesebb, ugye? – tette hozzá.

– Igen, szőttes – majd a lány cipellői fordulni kezdtek volna, mikor a szőttes megérintette a vállát, majd így szólt:

– Ez az, amit soha nem szabad tenned. Megfordulni más előtt. Akárki, bárki előtt. Senki előtt.

– De hát akkor hogyan igazítod passzosra a ruhám hátvonalát?

– Az már most passzos. Ha valaki kíváncsi arra, akkor veszi a fáradságot és mögéd sétál, vagy forgatja kíváncsi fejét, ha elmégy mellette. Nem te fordulsz, hogy nekem kényelmesebb legyen, hanem én járlak körbe a tiszteletedért. Veszem a fáradtságot. Úgy, mint most, hogy ruhádon igazítsak. Mert a ruhád a méltóságot képviseli. Méltóságot ad neked, ha képes vagy hinni, hogy kiegészít téged. Megvalósítja a gondolataidat. A te egyéni méltóságodat formálja meg. Eggyé váltok majd – mormogta a szőttes. A nap hirtelen elvesztette erejét, mert egy sötét felhő takarta azt. Nymphaea megijedt és az ablakhoz rohant.

– Mi történik, szőttes?! – szaladt vissza szobája közepére.

– Aminek kell, Nymphaea. Nézd a padlót.

Nymphaea apró árnyékokat látott maga körül, majd így kérdezett:

– Mi ez, szőttes?

– Állj oda velem szembe, ahol eddig álltál. Hunyd le a szemed, és ujjadnak érintésével kísérj a hátad mögé, hogy ruhádat ott is megigazíthassam.

A lány felemelte karját, majd behunyt szemekkel mutatóujját nyújtotta a szőttes felé, amivel őt maga mögé kísérte. A szőttes néhány finom mozdulattal formára igazította a viseletet, majd így szólt:

– Most nyisd ki a szemed, Nymphaea. A lány megfordult, és a szőttes szemeibe nézett.

– Nem állhat előttem senki utam során. Senki. Azt mondtad.

– Igen, azt – mondta a szőttes.

– Akkor most mi történik? Elmondanád? – kérdezte kicsit csalódott hangon.

– Nézz a padlóra. A nap elbújt, hogy időt hagyjon neked. Ragyogj hát és képviseld őt, ha felhők takarják is. Szóval mit látsz új ruhádban a padlón? – kérdezte a szőttes.

– Mindenhol az árnyékomat, még a plafonon is, pedig a nap sem ragyog. Nem vet fényt reánk.

– Azért, mert kölcsönadta a fényét, hogy te ragyoghass benne, Nymphaea. Mindinkább takarják a felhők a nap fényét, te annál fényesebb leszel. Gyere, és nézz a tükörbe.

– Nem merek. Odakísérnél? – kérte a lány.

– Persze – azzal ujjbegyét ismét Nymphaeának kínálta, aki válaszul kecses ujjával jelezte: elfogadja a segítséget. Így kísérte őt a szőttes a vallató tükör elé.

– Gyere, és tündökölj a szívedből, Nymphaea – mondta a szőttes, majd a tükör elé tolta a lányt. Nymphaea először láthatta a ráöltött viseletet. A tükör nem hazudik. Merész az, aki beletekint.

– Akkor hát legyen, szőttes – mondta a lány, és odébb csúsztatta cipellőit behunyt szemmel.

– Most nyisd ki a szemed, Nymphaea – kérte a szőttes.

Úgy is tett. Meglepődve látta, hogy a tükörből egy gésára emlékeztető nő tekint vissza.

– Ez nem én vagyok, szőttes! – rohant el a tükör elől.

– Változást akartál, Nymphaea. Mondtam, hogy úgy kell viselned a viseletet, hogy tudd, annak fájdalma és gyönyöre is lesz. Ez volt az első találkozás. Amikor majd megbarátkozol új viseleteddel, az idővel kedves lesz hozzád. Megvéd majd téged. Elegáns, csinos leszel benne. Erőt és személyiséget ad majd neked.

Nymphaea visszalopta magát a vallató tükre elé. Ruhája tényleg egy gésa hajtásos, lapolgatott stílusát formázta, határozott jellemet kölcsönözve viselőjének. Nymphaea többé már nem volt az a törékeny tünde, mint azelőtt. Határozottan belenézett a tükörbe, és barátkozni kezdett új jellemével. Bámulatos volt, ahogy kecsessége ötvözte az Univerzum erejét. A szőttes tudását, annak emberségét, a fényt és a méltóságot, melyet képviselt, erőt adva a ruha viselőjének.

– Mától más lettél, Nymphaea. A törékeny lány már a múlté. Olyan hercegnővé váltál, aki képes megvédeni Titániát. Nem egyedül. LGW lordságának zászlaja alatt.

– Akkor hát találkozhatom vele, szőttes? Ha igen, hol és mikor?

– Meg kell szoknod az új ruhád kényelmét. Ki kell jelölnöd számára egy pihenőfogast a sötétben. Ott a haute couture pihen és erőt gyűjt. Aztán a sötétből akaszd ki a napfényre. Tanuld meg magadra ölteni a viseletet, hogy tiszteljen és becsüljön téged. Erőt adva neked, hogy így képviselhesse szándékaidat. Tisztelned kell a nap erejét és az új ruhádat.

– Jó, de mikor találkozhatom LG-vel?

– Akkor, ha mindaz, amit mondtam, nem gyakorlattá, hanem napi rutinná válik. Fogod tudni, hogy melyik nap lesz az, amelyen LG örömét leli a társaságodban. Mostantól nem Titánia lánya vagy csupán, hanem Titánia védője lettél.

– De hisz' Titániát senki sem fenyegeti – mosolygott a lány.

– Most még nem. A fém szívűnek azonban tervei vannak Titániával.

– A fém szívűnek? – kérdezte meglepetten a lány.

– Igen. Szerinted a baldachin miért nem érkezett Titániába?

– Értem, szőttes. LG megvédhet minket?

– LG nem. De lordsága igen. LG Whitelord közösségének ereje igen. Titánia világossága lesz a fény, amit most ruhád kölcsönöz neked, Nymphaea.

Azzal a szőttes elbúcsúzott, és hazavitette magát.

Az a nap

A szőttest a házához vitte a titánspeed. Nymphaea nap mint nap próbálgatta új ruháját. Heteken át tette ezt, egyre kifinomultabb mozdulatokkal. Nem értette, hogy az a viselet hogyan, mily' módon viszi közelebb LGW-hez. Azt sem tudta, hogy egyáltalán ennek mikor jön el a napja, annak ideje. Mégis, elkezdte szeretni a viseletet, melyet a szőttes ráöltött. Egyre komfortosabban érezte magát benne. A ruhának minden vasalása, annak éle és fénye erősítette öntudatát. Egy nap úgy gondolta, nem vállfára akasztva hagyja a nap fényén, hanem felölti azt és sétál egyet abban. Úgy a fényben, mint a ruhában. Úgy tett. Megcsodálva Titánia minden virágát, hallgatva énekes madarait. A kapuőrhöz ért, akinek megköszönte védelmező munkáját, valamint Villát kérte közben, hogy vigyék a kapuőrnek valami finomat. Úgy is lett. Nymphaea a kerítés mellett sétált új ruhaköleményében. Arra lett figyelmes, hogy a drótos leselkedik Titánia udvarába. Nem tudta hirtelen, mi is történt vele, de kirohant Titánia kapuján az őr tiltása ellenére, és a drótost fellökte a drótszamárral, aki csörömpölve a földre zuhant. Majd így ordított:

– Hol a baldachin?!

– Milyen baldachin? – játszotta a tudatlan hülyét a drótos.

– Amit Titániába küldetett veled a szőttes – szegezte a kérdést a drótosnak, aki a földön hemperegve mentegetőzött.

– Nem láttam ilyen baldachint, senki nem küldött ilyen csomagot Titániába.

– Tényleg nem? – ordított Nymphaea, letörve egy egyenes faágat. Azt a drótos nyakának szegezte ütőeréhez, majd így folytatta:

– Egy döfés, drótos, és már nem leszel kíváncsi többé arra, hogy mi történt. Megkeresem uradat, a fém szívűt, és megtalálom kérdésemre a választ, ha azt azonnal el nem mondod nekem – kiabált a lány eltökélt hangon. Azzal megforgatta a husángot, és azt a drótos szíve mellé, mélyen a hegyoldal talajába döfte.

– Ellopta a fém szívű, mikor Titánia felé tartottam vele – mondta a szegény drótos tehetetlenül.

– Hiszek neked, drótos – motyogta a lány, immáron szinte csak suttogva. Azzal felsegítette a feltápászkodó szerencsétlent, hogy az továbbindulhasson sehová nem vezető útjára. Titánia őrzője kirohant a csetepatéra. Azonban Nymphaea leintette őt.

– Minden rendben, őrzőnk – lógatta a husángot kezében, mellyel imént a drótost fenyegette. – Villa hozza az ebédjét. Nyugodjon meg, kérem.

Így Titánia őrzője:

– Nymphaea! Hölgyem! Én még sosem láttam, hogy kiskegyed...

– Szokjál hozzá, őrzőnk – azzal a husángot forgatva szobájába indult. Új ruhája csak úgy ragyogott rajta. Édesapja szobája ajtaján kopogtatott. Az öreg titán ajtót nyitott, és szeretetteljes öleléssel fogadta őt.

– Jöjj, lányom! – ölelte magához.

– Jó, apám. Olyat cselekedtem, amit ezelőtt még soha. Agresszívé lettem, apám – mondta sírva, apja vállára hajtva fejét.

– Nem, lányom. A világ, ami körülvesz, az az agresszív. Te csak ráébredtél arra, hogy hogyan védd meg Titániát – azzal megsimogatta egyetlen leánya bársonyos arcát, majd így folytatta:

– Lányom. Titánia jövője a tiéd. Ereje a szőttes viselete lehet – mondta.

– Lehet. Csak még nem tudom, hogyan használjam – mondta zavarodottan a lány.

– LG, azt hiszem – dörmögte az öreg titán.

– Hogy találkozhatom vele a szőttes ruhájában? A szőttes csak annyit mondott, hogy kényelmesen viseljem az általa készített ruhadarabot. Már most otthonosan érzem magam benne.

– Lányom. Ahogy a drótost számonkérted, úgy azzal az erővel higgy a szőttesnek, s fogadd el tanácsait. Hidd el, viselete elkísér LG karjaiba.

– Mikor apám?

– Ha abban a környezetben találkozol vele, ahol először, talán ott, a tóban. Vagy a tó környékén valahol. Lehet, hogy az erdőben. Ahol majd nem elküldöd, hanem magadhoz édesgeted őt. Nymphaea alba vagy. A titán lánya. Most, kedves tavirózsám, ki kell lépned a biztonságot adó tóból. Abban a viseletben, melyet a szőttes készített számodra.

– De honnan tudhatom, apám, hogy ő mikor lesz ott?

– Rátalálsz, ha minden egyes nap kimégy a tóból a szőttes ruhájában.

– De hisz' az vizes, elázott kelme lesz akkor.

– Az igaz. De néhány pillanat alatt, amint arra a nap ráveti fényeit, ismét szárazon ragyogsz majd benne.

– Apám! Csúnya és elázott leszek egy időre.

– Ha annak a férfinak lelke van, csúnyán és elázottan szeret beléd. Magányában keresni fogja a múltja szenvedéséből a jövőt. Ölts testet és látogasd meg a tündérfát, lányom.

– Értem, apám. Úgy teszek mindent, ahogy mondtad.

És úgy is lett. Nymphaea háromszor lépett ki a tóból. Első ízben csak a természet csodáit élvezte. Ahogy azt tökéletességében megteremtette az Univerzum. Annak gyönyörűségét, illatos, hatalmas virágaival. Csodálta a harmóniát. Másodjára bátrabban kimerészkedett, s bizony a szőttes elázott ruháját a nap egyetlen sugara megszárította, ahogy apja mondta. Így tovább merészkedett a jázminok illatfelhőjében, a mélyebben fekvő tündérfához. Oda, annak tövébe három tündérrózsát tett. Gyönyörűek és méltóságosak voltak, ahogy a tündérfa vastag moháin ragyogtak. Nymphaea másnap ugyanabban az időben meglátogatta a tündérfát. Egy lótuszvirág hiányzott a háromból. Nymphaea azt gondolta, hogy egy gombaszedő magával vitte. Azzal a tó felé indult vissza az erdei csapáson. A tóhoz érve a víz tükrén egyetlen tavirózsát látott úszni.

– Hazamennél? – kérdezte Nymphaea a rózsát, majd a víz mélységébe sétált volna, mikor egy hang így kérdezte a tó partjáról:

– Ön szerint, hölgyem… azon tündérrózsák szilfák alatt bontják virágaikat? Ön veszítette el őket? – kérdezte LG egy öreg tölgyfa mögül kisétálva.

– Nem veszítettem el, hisz' most találtam meg, azt hiszem. Mert hát, amit az ember nem talál meg, azt el sem veszítette. Amit most találtam, remélem, sohasem fogom elveszíteni – bölcselkedett Nymphaea.

– Megkérdezhetem, hogy kiskegyed személyében kit tisztelhetek? – érdeklődött LG.

– A tavirózsák szolgája vagyok. A nevem Nymphaea alba – kacagott a lány.

– Merről jött? – kérdezte LG.

– A tóból – kacérkodott a lány.

– Igen. A virág, a tündérrózsa. Értem én, de merről ebben az egyedi ruhadarabban? – kérdezte LG.

– Titániából.

– Titániából?

– Igen, szolgája vagyok Titániának – mondta a lány.

– Úgy tudom, Titániában nincsenek szolgák és urak – mondta LG.

– Bizony nincsenek. Az önkéntes szolgálat nem szolgaság. Így mindenki szolgálja Titániát a legjobb tudása szerint. Pont ezért, az ami. Titánia. A tiszta lelkiismeret földje. Mert minden lakójának legpuhább vánkosa a tiszta lelkiismeret – csapta oda a választ a lány a távolba nézve.

– Értem – majd így folytatta LG: – Van egy perce még? – azzal elrohant a nem messze lévő tündérfáig. Annak tövéből tenyerébe édesgette a második tündérrózsát, azzal szaladt vissza a lányhoz, ily' szavakkal:

– Ne felejtse itt. Vigye oda, ahol született.

– Köszönöm – majd a lány elindult a tóba. Már kecses melleit fodrozták a hullámok, mikor lábai a mélység felé taposták az iszapot. Egyszer visszatekintett, és akkor nagyobbat dobbant a szíve, mint valaha, mikor LG szemébe nézett. Egy pillanat volt, de visszafordíthatatlan. Azon a napon, abban a pillanatban. Születni látszik valami.

– Egy virág még hiányzik! Hármat hoztam – fordult a part felé a lány.

– Elkísérhetem kedvenc virágáért, hölgyem? – nyújtotta kezét LG a lány felé, aki igyekezett kievickélni a hínáros tóból.

– Megoldom magam. Köszönöm – mászott ki a tó csúszós aljnövényzetéből kissé sárosan. Amint kilépett a tóból, nevetséges volt elázott ruhájában. De amint ráragyogott a nap, nyoma sem volt sárnak vagy víznek, iszapnak. Ruhája tisztán, élénken pompázott, ahogy azt a szőttes elkészítette számára viseletként.

– Így is tetszik, de ázottan szeretni valóbb volt – jegyezte meg mosolyogva LG. Meredeken vezető kaptató vezetett a tündérfáig a tó partjától.

– Felsegítene a hegygerincen? – nyújtotta kezeit a lány LG felé. LG megragadta azokat úgy, mint aki soha el nem engedné többé. A pillanatot. Azt a lányt, akit elkísért a tündérfához, ahol a lótuszvirág várta a sorsát. Már nem volt szükség arra, hogy a fiú fogja a lány kezét. A lány mégis szorította segítő kezeit. Így, kéz a kézben sétáltak az ottfelejtett tündérrózsa szirmaiért a megfoghatatlan valóságban. LG, és Titánia tündére. Odaérve LG a kezébe fogta a tündérrózsát. Azzal a lány felé fordult.

– Drága virág bontja szirmait kiskegyed tenyerében – azzal a lány kezébe adta a lótuszt.

– Miért drága? – kérdezte a lány.

– Mert egy csókjába kerül – biccentett fejével LG.

– Hogy képzeli!? De hát...?! Na, jó. Legyen – azzal a lány kettőjük közé emelte a tavirózsát. A fiú biggyesztette ajkát, hogy csókolja a lányt behunyt szemmel. Azzal a lány kettőjük közé emelte a tavirózsát, s a fiú azt csókolta meg. Csak lesett, mikor a lány határozottan kijelentette:

– Megvolt a csók. Megfizettem drága árát virágomnak.

– Igen – hebegett LG. – Gondolom, most hazaindul.

– Így van – mondta Nymphaea.

– Találkozhatunk még?

– Talán.

– Mikor? – kérdezte LG.

– Majd ha úgy forog a kardja, mint a nyelve, Mr. White – azzal mutatóujját maga elé tartva, ujjbegyét LG ujjbegyére helyezve, érintőlegesen búcsúzott. Ezután a tündérrózsával a tóba merült. LG két buggyanás után csak a feszített víztükröt csodálhatta a naplemente bíbor színeiben.

A csend

A lány ezek után magára zárta szobája ajtaját. Mélységes csend volt körülötte. Egész Titánia körül. A szőttes nem értette, miért, de az ő háza körül sem lármáztak a madarak, ahogy szoktak. Őz lába alatt nem reccsent száraz ág. A fenyők sudarait nem fújta a szél. Nem susogtak és nem potyogtatták tobozaikat. Mintha megfagyott volna a levegő. Mozdulatlanná vált minden. Érthetetlen volt, miért van az, hogy napok óta nem történik semmi. Egy délután az öreg titán találkozni akart Nymphaeával, így bekopogott hozzá. A lány ajtót nyitott.

– Apám! – borult a nyakába, majd kétségbeesetten bekísérte őt, hogy leültesse a néhány nap után aggastyánná lett titánt.

– Mi történik, édesapám?

– Menj, lányom, a szőtteshez most. Large Genius Doublejúval történt valami. Járj utána.

– De nemrégiben búcsúztunk el. Találkoztam vele – vigasztalta apját örömteli könnyek között.

– Akkor utána történhetett valami, lányom. Menj a szőtteshez, de ne abban a kelmében, amit készített neked.

– Igen, apám – ölelte meg édesapját. Azzal a titánspeed felé vette lépteit, tekintve, hogy a titánfon akkor már nem volt használható. Süket volt. Csend és szokatlan nyugalom uralt mindent. A kancellár asztala felett egy titánpénzt kopogtatott, majd az mellé hajtotta fejét, elnyújtózva egyik karján. Nymphaea tovább sietett a kapuig, ahol az őr mélyen aludt. Várta a követeket, akik késve bár, de megérkeztek. Nem ez volt a jellemző. A lány beszállt a titánspeedbe, és sürgetni kezdte a sofőrt:

– Gyorsan! A szőtteshez, kérem.

Azzal elindultak, de csigatempóban. Eközben a szőttes kertjében, a fűben a kecmergő szirti sasra lett figyelmes, amint az közeledett hozzá. A madár felült a verandán lévő asztalra. Nem sokkal később a hóbagoly, Mr. Hú is megérkezett. Ő is le volt lassulva. A két madár egymás mellett bámult maga elé. A szőttes hiába kínálta őket vízzel vagy bármivel, nem kellett nekik, majd figyelme Titánia kocsijára szegeződött, mely vánszorgott, majd megállt, mintha el sem indult volna. Nymphaea szállt ki belőle.

– Szőttes! – kiáltott, de nem bírt szaladni.

– Apám azt mondta, valami baj érhette LGW-t. Te tudod, mi történik?

– Ha baj érte, akkor érthető, mi. Ha nem ír, az enyészeté lesz mindenki és minden. Mi is, a fém szívű, és a drótos is. Egész Titánia, és annak teremtett világa. Egyébként, találkoztatok?

– Igen, és...

– Te nem engedted, hogy közelebb kerüljön a szívedhez! – vágta közbe a szőttes.

– Igen, így volt. De most... mit tegyünk?

És csak vártak. Vártak tanácstalanul a verandán, miközben az idő lassan ketyegett az elmúlás felé. Nymphaea, a szirti sas, a hóbagoly és a szőttes. LGW eközben kis lakásában feküdt az ágyban. Egy éjjel arra ébredt, hogy iszonyatosan fáj a homloka és szemtájéka. Nem bírt felkelni, olyan szédülés tört rá. Hiába akart írni, kiesett a toll a kezéből és elhagyta minden ereje. Egyedül, tehetetlenül feküdt az ágyában. Mikor a hátáról a hasára fordult, fájdalmas lidérc keringett körülötte. Forgott a szoba, a bútor és minden. Halálfélelmében ágya sarkába kapaszkodott. Jajgatásával várta, hogy elmúljék az az érzés. Azután egyetlen pózban feküdt és reménykedett abban, hogy többé nem kell felkelnie. Mert ha igen, úgy kezdődik elölről minden.

Nagyon meg volt ijedve. Csak a tudatalattijára hagyatkozhatott. A gondolatvarázslóra, aki azt súgta: *még nem fejeztük be*. Közben

Titániában és környékén halványyodott a virágzó élet. Kétségtelen, hogy ezek nem jó jelek. Nymphaea és a szőttes madaraik társaságában nézték, ahogy a titánspeed követei álomba szenderülnek. A csendet Nymphaea hangja törte meg.

– Szőttes! Üzenetet kell küldenem Large Genius Doublejú, azaz LGW számára. Most! – mondta határozottan.

– Hogy képzeled? Mi a terved? – kérdezte a szőttes.

A lány ránézett a tollászkodó madarakra, aztán vissza a szőttesre, majd finoman a hóbaglyot kezdte el simogatni, aki érezte, hogy Nymphaeának szándéka van vele.

– Hú-hú – fejezte ki a véleményét madárhangon.

A lány így folytatta:

– Szőttes! Készítünk egy örökíró tollat, azzal írva üzenetet küldünk LGW-nek a tollal együtt.

– Miből? – kérdezte a szőttes.

– Mondom, tollat tollból – mosolygott sandán a madarakra, akik jobbra-balra lépegetve érezték, hogy ennek, jaj, ők is részesei lehetnek. Azzal a szirti sas felé lépett, és egy mozdulattal kitépte szárnyának legvastagabb, leghosszabb tollát ily' szavakkal: – Bocsánat, de ha nem tenném, ti is az enyészeté lennétek velünk együtt. Ugye, nem nagyon fájt? – simogatta meg a nagy madár széles szárnyait. A madár megrázta tollait, jelezve: csak egy csípés volt. A hóbagoly csak jobbra-balra csavargatta ékes bucifejét, és úgy gondolta, neki erre semmi szüksége. Azzal elröppent volna, ha kampós karmai el tudtak volna rugaszkodni a csúszós asztalfelületről. Nem így történt. Mr. Hú megcsúszott és oldalvást a padlóra csapta volna magát, ha Nymphaea bele nem markolt volna vastag tollazatába. Azzal a madarat visszasegítette a sas mellé, tenyerében maroknyi fehér tollal, majd így szólt:

– Bocsánat, Mr. Hú, de a sors már csak ilyen – simogatta meg őt is mosolyogva. A bagoly megalázottan érezve magát – hisz' bölcs bagoly – gubbasztott a szirti sas mellett, aki büszkén fordította el kampós csőrét, hogy hát ő volt az első, aki áldozatot hozott.

– Ügyes húzás, Nymphaea. Egy tollvonással megoldottad – vigyorgott a szőttes, majd megkérdezte:

– Jó, de miből lesz az örökírónak hegye?

– Titánból – válaszolta, azzal letépte nyakából a titán ékességet, majd így folytatta: – Menjünk a házba.

Nymphaea egyik kezében a nyílhegyes titán medál, a másikban a szirti sas rajzos tolla volt. A szőttes egy maroknyi fehér hóbagoly-tollal ment a házba. Odabent a lány, gondosan az asztalra terítve a kellékeket, elkezdte formázni a szirti sas tollának végét. Arra a szőttes fényből készített fonalainak maradékából díszítést álmodott a hóbagoly tollaiból. Mikor elkészült, a végére ráolvasztotta a nyílhegyszerű medált, melyet a nyakából tépett le. Azt az eredeti remekművet a levegőbe emelte kettőjük közé, így szólva:

– Kész Titánia örökírója, amit most kell kipróbálni. Így egy üzenettel kezdeném LGW számára.

– Jó, de hogy fog működni majd, vagyis mitől lesz örökíró? – kérdezte a szőttes.

– Keress valami színes, erdőből gyűjtött bogyóból készült sűrű főzetet. Ha azzal, mint titániai lány, az üzenetet meg tudom írni, úgy a természet ereje rátalál forrásaira örökké. Ettől örökíró.

A szőttes a szekrényéhez sietett, majd onnan minden tégelyét kipakolta, amit csak talált. Nymphaea papírt kért, amit a szőttes hozott is. Na, hát próbáljuk ki! – mondta Nymphaea, kezében a tollal, azzal az egyik elixírbe mártotta titánhegyű tollát. Mikor azt, azaz annak titán hegyét a papírra helyezte, hogy írjon, a papír hirtelen lángra kapott és ellobbant.

– Ez nem jó, szőttes! – köhögött a füsttől Nymphaea.

– Jaj. Bocsánat, ez a pirachanta coccinea volt. A tűztövis. De nézzük meg a sambucus nigrát, azaz a fekete bodzát.

– Jó.

Azzal Nymphaea vésni kezdte a betűket a fehér papírra. És láss csodát, immáron működött.

– Működik, szőttes! Ír és fog. Kérlek, etesd meg a madarakat, amíg én megírom az üzenetet Large Genius Doublejúnak. A tollal együtt csomagolom össze. Menj, etesd, itasd őket.

– Rendben. De nem értem, hisz' vadásznak útjuk során.

– Azért, szőttes, mert az étek után szomjassá válnak majd, így rátalálnak a Titániából vezető forrásra. Az vezeti el őket a tóig, amibe a forrás torkoll. Ahol találkoztam LGW-vel. Onnan már nem messze van a tündérfa, ami utat mutat LGW felé.

– Értem.

Nymphaea írni kezdett, majd befejezve azt kiment az üzenettel és az örökíró, titánhegyű tollal, ahol a szőttes várt rá, majd így kérdezett:

– Honnan tudod, hogy ezek a madarak képesek erre? Hisz'
nem postagalambok – kételkedett.

– Ha postagalambok lennének, a fém szívű légterében pusz-
tulnának el. Mr. Hú egyszer már bizonyított, de most kell neki
egy szárnysegéd. A szirti sas védelme.

Azzal az üzenetet a hóbagolyra, a sastollból készült örökírót
a szirti sasra pántolta a szőttes egyik pihekönnyű, de erős sod-
rott fonalával, majd szólt a madarakhoz:

– Madárkáim. Ha ti nem, mi sem. Ha mi sem, akkor ti sem.
Vigyétek LGW-nek az üzenetemet. Úgy tegyétek mellé, hogy azt
megtalálja. Kövessétek a Titániából vezető forrást a tóig. Aztán
pihenjetek meg a tündérfán. A legfontosabb az, hogy a fém szí-
vű légterében csendesen szárnyaljatok.

Immáron nem volt mit mondani. Titánia hercegnője ösz-
szecsapta tenyerét, mire a madarak elhessentek és a levegőbe
emelkedtek. A szőttes és a lány leültek a veranda lépcsőjére, ahol
baráti öleléssel nézték, ahogy a büszke titánspeed egyre roncso-
sabbá válik alvó személyzetével.

– Nem lesz baj, Nymphaea – mormogott a szőttes.

– Tudom – csurrant egy könnycsepp Nymphaea szeméből a
nap lemenő sugaraiban. Azután hosszú csend lett.

A harmónia

Úgy történt, ahogy Nymphaea gondolta. A madarak megszomjaztak, és Titánia keleti határán a forráshoz igyekeztek szomjukat oltani. Onnan felreppenve a forrást követték, hogy ismét leszállhassanak, ha megszomjaztak. Háromszor pihentek meg, mire megpillantották a tó feszes víztükrét, amiben LGW először érintette meg Nymphaeát a maga tündérrózsa természetében. Onnan a tündérfáig suhantak, melynek ágain megpihenve ismét útra keltek, egészen a völgyben lévő kis településig. Ott szinte minden egyforma volt. Minden tető és kémény. Ide-oda szálltak le. Hol kutyák, hol gazdák vagy madárijesztők zavarták el a nem kívánt betolakodó vendégeket. Érezték, hogy jó helyen szárnyalnak, de nem tudták, melyik házban lehet LGW. Aztán órákon át köröztek a levegőben. Egy ház jázminkertjében a sziirti sas megpillantott egy sündisznócskát. Éhes volt, és mélyrepüléssel megpróbálta levadászni azt. Azaz próbálta volna, ha a bagoly nem kontrázta volna támadását. Így mindketten egy jázmin tövében találták magukat néhány bukfenc után. A süni elmenekült. A madarak megrázták magukat, majd a hóbagoly egy nagy húú-val közölte szárnyas testvérével: *nem ezért jöttünk*. A jázminok illatfelhőjében újra felszálltak és a ház felé vették az irányt. Az ajtót a lenge szellő hol kinyitotta, hol koppanásig behajtotta. A résre nyílt ajtón a szirti sas surrant be először, némi vízillatot észlelve. Utána a hóbagoly. Egy ember feküdt az ágyban, forgolódva kínjaitól. A keleti harcművészet fegyvere hevert mellette. A shinai. Edzőkardja a szamuráj fegyverének, a katanának. LGW ott feküdt reszketve verejtékében, a vizes lepedőn. A madarak az ágy mellett lévő asztalra szállva megemelték szárnyaikat, ahol is szárnycsapásaikkal az ott lévő kiszáradt vizespoharat a földre lökték, ami nagy csörrenéssel a szilánkjaira hullott a padlón. Egymásról lecsípve a küldeményt elreppentek. Az üzenet és a tollból készült örökíró az asztalra pottyantak. A tollasok szárnyainak suhogása felverte a port, majd ők elindultak Titánia felé. A fehér hóbagoly egyetlen tollpihéje LGW orra alá hintázott légies könnyedséggel. A bajuszára, mondhatni. Az addig cirógatta érzékeit, hogy egy hatalmas tüsszentéssel jelezte: „még élek". LGW felébredt, de szemei előtt lila köd takart mindent, ami lassan szertefoszlott és eltűnt a semmibe. Felébredt, és már nem szédült. Feje nem fájt. Elmúlt a rosszullét. Feltápászkodott és az asztalára pislogott, letörölve fáradt könnyeit. Látta a kéretlen ajándékokat. Először a tollat vette maga elé. Gyönyörű volt. Azután a kis borítékot bontotta fel. Nymphaea üzenete volt. Ez állt benne:

„Mr. LG Whitelord. Egy napon, a tündérfánál... Egy napon. Egy szép, napsütötte napon. Nap mint nap elmegyek oda. Önön múlik, meddig tehetem. Nymphaea alba, a titán lánya."

LG azon vette észre magát, hogy egy rakás üvegszilánkban tapos. Azt összetakarítva tisztálkodni igyekezett. Mindig az járt a fejében, ha egyszer meg kell halnia, legalább csinosan, méltósággal, csatában tegye. Mielőbb találkoznia kellett Nymphaeával.

Bizony, ott állt ő is a vallató tükre előtt. Egyszer-kétszer megforgatta a shinai-t, majd azt visszatette páncéljai mellé. Akkor, ott eldöntötte, hogy az ő ajtaja csak befelé nyílik. Azon csak kopogtatni lehet. Nymphaea volt az első, aki azon kopogtatott. LG keresni kezdte a harmóniát. A saját belső harmóniáját. Tiszta hangokra vágyott. Ezért a zenében látta ezt a szépséget. A zene, melyből elméje színeket kreált, majd azokból szavakat, mondatokat. Azokat ismét papírra kezdte vetni, immáron azzal a titánhegyű örökíróval, melyet Titániából küldtek számára.

Gondolatokat vésett a papírra egy befejezetlen időről. A mában, ahol most jövőt kérnek tőle. Vágyott ezen harmónia megszületésére. Így írt, írt, és újra írt. S hirtelen akkor Titánia ébredezni kezdett. A szőttes házánál megjelentek az őzek, nyuszik, és a virágok hatalmasabbak és illatosabbak lettek, mint valaha voltak. Nymphaea a kancellár vidám hangulatára lett figyelmes. Végigszaladt Titánia udvarán, ahol ismét pezsdülni kezdett az élet. Mindenki nevetett és ragyogott. Az öreg titán Nymphaea után kiáltott:

– Lányom! Lányom! – kiáltott, de Villa, a főszakács, érthetetlen boldogságában félbeszakította, így kiabálva konyhája ablakán:

– Mit kívántok? Mit készítsek Titániának reggelire, ebédre? – nyílt meg szíve az ízek tudójának.

– Harmóniát! – kiáltott vissza az öreg titán. Nymphaea visszarohant szobájába és elővette a titánfont. Az ismét működött. A szőttest hívta rajta.

– Szőttes! Történt valami. Valami jó!

– Nálam is élénkebb lett az élet – válaszolt a szőttes.

– Jó. Hívom a titánspeedet, és rögtön ott vagyok nálad.

Úgy is tett. Amint a követek észlelték Nymphaea hívását, a titánspeed fényének csak hosszú csíkjai nyúltak meg a garázstól vezető folyosón át a kijáratig. Nymphaea kiszaladt Titánia őrzőjének biztonsági kapujáig.

– Kisasszony! Álljon meg, kérem. Kérném a be- és kiléptető azonosítót.

– LG Whitelord, LGW! – kiáltotta Nymphaea, azzal egy puszit nyomott az őr homlokára.

Eközben megérkezett a titánspeed. Nymphaea gyorsan beült annak kényelmes ülésébe, amikor azt vette észre, hogy a kapuőr piros lámpájával integet.

– Várjon! – kérte a sofőrt a lány, majd lejjebb csúsztatta a titánspeed ablakát, s így szólt:

– Mi baj, őrzőnk? Még egy ölelésre vágyik? – nevetett.

– Nem. Dehogy. Csak az ebédem, kisasszony. – Pocakját simogatva biggyesztette le busa fejét.

– William gondoskodik rólad is, őrzőnk. Extra finomságokba lesz ma részed – mosolygott.

Abban a pillanatban a kapuőr irányító fénye zöldre váltott.

– Akkor indulhatunk, Nymphaea? – kérdezte a sofőr.

– Zöld a lámpa. A szőttesig kérném. Mutasd meg nekem, mit tud a titánspeed – kuncogott reménytelin.

– Igen, kisasszony. Zenét parancsol?

– Kérek – mondta halkan, behunyt szemmel.

– Mit parancsol, hercegnő, Titánia lánya? – kedveskedett a váltósofőr.

– Az adagiót – nézte az elsuhanó tájat reményteli könny-cseppjein keresztül a lány, majd így folytatta: – Azt a verziót, ami nem elkísér, hanem építeni tud. Legyen benne spiritusz. Erre csak az adagio képes. Úgy is lett. Ritmus volt minden egyes szívdobbanásra. A titánspeed megállt a szőttes háza előtt. Nymphaea szapora léptekkel ment a szőttes verandája felé. A szőttes állt a verandán, és mellette ült a két „jómadár" jóllakottan. Mr. Hú, és a szirti sas. Nymphaea felkopogott a falépcsőn, megölelte a szőttest, majd belekortyolt a vendégváró teába, közben így kérdezett:

– Mi történik megint, szőttes?

– Jaj, hercegnő. A madaraink fáradtan tértek vissza, de elvitték küldeményeinket. Megitattam, megetettem őket. Mindent megtettünk, hogy Titánia harmóniája olyan maradjon, mint ahogy Large Genius Doublejú megálmodta nekünk. Azért élünk, mert megálmodott minket tudatalatti mélységeiből. És most folytatja azt. Nincs nála „úgysem sikerül", vagy „lehetetlen". Számára a lehetetlen nem létezik. Teszi a dolgát. Úgy, kérlek, tedd a dolgodat te is, Nymphaea. Nem tudom, mit ígértél neki, de tartanod kell magad ahhoz. Kértél tőlem egy viseletet. Használd, kérlek. Várd őt minden egyes nap a tündérfánál. LGW élete Titánia élete. Hm... Titánia élete LGW élete is egyben. A döntés a te kezedben van, Nymphaea. Élünk, vagy meghalunk mindahányan. Ha Large Genius Doublejú nem létezik, mi sem. És ő sem fog többé nélkülünk. Titánia sem. Ezért arra kérlek, hogy öltsd fel magadra a fényből készült viseletet és találkozz vele. Hiszen ezt kérted tőlem. Most érd be ennyivel. Továbbá nincs mit mondanom neked.

– Szeretnem kell őt? – kérdezte Nymphaea.

– Nem kell szeretned. Elég, ha olvasol a szeméből. A szíve tükréből. Úgy, ahogy a természet egységes harmóniájából. Amikor üde és boldog vagy abban. Keresd őt. Várni fog rád.

Bizony, a lány minden egyes nap kilépett a tóból a szőttes ruhájában. A fiú szaladt a tündérfához, de elkerülték egymást.

Egy fényes, napsütötte alkalommal a lány a tündérfához sietett ismét. LGW a fa tövében szundikált. Álmodott. Várta a lányt. Mohapárnára dőlve, madárdallal szelídítve édes álmait, annak szédületes harmóniáját. A lány odalépett hozzá, fölé hajolt, és homlokon csókolta. A fiú megriadt, és nem hitt a szemének. A némaság hangosabb volt, mint valaha. Nem szólt, csak bársonyos tenyerét Nymphaea arcára simította, ily' szavakkal:

– Álmodom? – kérdezte.

– Itt vagyok. Nem álmodsz – suttogta Nymphaea.

– Nem? – kérdezte elcsukló hangon LGW.

– Nem. Többé már nem, ha úgy akarod. Mert nem azt szeretném, hogy álmodd a valóságot. Azt szeretném, hogy éld az álmodat. Tedd azt valósággá. Megfogom a kezed – segítette fel Nymphaea, majd kéz a kézben lépegettek lassan egy ösvényen, a hol a természet tökéletes harmóniája volt az útitársuk: a szépség és a gyönyörűséges pompa ösvényén. Az illattal elvarázsolt gondolatok útján, a földi Édenkertben. A lány azt kérdezte:

– Szeretsz engem?

– Nem tudom, de érzem, hogy kötődöm hozzád.

– Szeretsz engem? – kérdezte ismét a lány.

– Csak annyira, mint ahogy te engem, Nymphaea.

– Mi történt veled akkor? Hogy nem tudtál minket tovább írni? – kérdezte a lány.

– Elutasítottál. Lerohantam volna a völgybe. Véletlen belerúgtam egy gombacsaládba. Spórái lila ködöt löktek ki magukból. Beszippantottam azt, azután rosszul lettem. Néhány nap múlva arra ébredtem, hogy nagyot tüsszentek, majd megtaláltam az üzenetedet. Vele egy tollból készült örökírót. Titánia tollát. Amikor elmenekültem, megijedtem a valóságtól – vagy épp az álmaimtól. Nem tudom. Most úgy jöttem, hogy tudom az utat. Látom azt, és érzem is. Azt hiszem, a kettőnk útját. Nem mehetek át Titániába. Csak itt találkozhatunk, amikor a szőttes viseletében jössz. Akkor, amikor ragyog a nap.

– Igen. Ezért készült. De a szőttes hozzátette: „abban mindig, ha te akarod". Én akarom – mondta a lány. Azzal a pillanattal egy boldog érzelmi harmónia vette kezdetét. Azt követően nap mint nap találkoztak. Vágytak egymásra. A boldogság a legszerényebb gesztustól is szépségessé vált. Nem kellett hozzá titánpénz. Érték és gyönyör volt az az idő, mit akkor egymással átéltek. Igen. Működött a szerelem. A nő nő volt, és a férfi igazi férfi. Az érzelmi harmónia összerakta az egységet. Jól.

A fém szívű bosszúja

A harmónia másik oldalán a fém szívű szövögette szándékait, annak megvalósítási terveit, hogy Titánia az övé lesz. A drótost hívta magához, kormos pernyétől bűzlő rezidenciájába. Őt annak asztalához ültette.

– Tedd az asztalra mindkét kezed. Emlékszel-e rá, hogy járt a szőttes?

– Emlékszem. Az ujja bánta – felelt.

– Akarod-e, hogy veled is ez történjen? – ragadta meg a drótos csuklóját szorosan.

– Nem kéne – reszketett a drótos.

Azzal a fém szívű egy rozsdás ollót vett elő. Azt a drótos jobb keze mellé tette. A másik kezének tenyerét felfelé erőszakolta. Az mellé maroknyi titán pénzt szórt.

– Melyiket választanád? A bal kezed markát, mely tele lesz titán pénzel, mely közül kipotyognak az érmék csonka ujjad között – kérdezte. – A balt! A balt – igyekezett ujjait menteni a drótos. Azzal a fém szívű elszorította bal csuklóját, és teleszórta titán pénzel azt. Annak marka megtelt, és az érmék már a földre gurultak. A drótos jobb keze reszketett.

– Szétgurult a vagyon, drótos – nevetett a fémes. – Mellé teheted a másik markodat, hogy ez többé ne történjen meg veled. Akarod-e?

– Akarom! De mit kell tennem érte? Akarom!

– Hírt vinni minden magadfajta csavargó csórónak, aki meg szeretne gazdagodni. Sereget verbuválni a legalja érzéketlen emberekből. Érzéketlen, szívtelen, törvényeken kívüli hitetlenekből, akik nem ismerik azt a szót, hogy *harmónia* vagy *szeretet*. Megmondtam! Titánia az enyém lesz! – ordított.

– Titániát nem lehet beolvasztani, mert… egészséges, kiegyensúlyozott társadalma van – gagyogott a drótos.

– Miért? – mutatott az ollóra a fémszívű.

– Igen. Mikor kezdhetném? – hunyászkodott a drótos.

– Megkeresed a létező söpredék legaljasabb világra hozottjait. Mert embereknek nem nevezném őket. Elviszed nekik az üzenetemet. Mindenkinek adsz egy maréknyi titán pénzt – mondta.

– Kinek mennyit? – vágott közbe a drótos.

– Mindenkinek annyit, amekkora tenyere van, te marha!

– Értem, Mr. Olvasztár, a vasak ura.

– Reméltem, hogy ennyi év szolgálat után így döntesz – dörmögött.

– Mikor kezdődik? – kérdezte a drótos.

– Akár holnap. Ha a söpredék elfogadja a pénzt, úgy azok vezérét küldi majd hozzám a nagygyűlésre. Azzal már neked nem lesz dolgod. A vezérek pénzét én adom át nekik. Északon keresd Szikrát. Délen Vasban Fortyogót. Keleten Olvadáspontot. Nyugaton Rozsdát. Érted, drótos?

– Értem. Értem, és vér fog folyni – hebegett.

– Nem fog, drótos. Titánia az enyém lesz. Titániát a saját javunkra olvasztjuk be. Élők kellenek. Nem halottak. Azokkal semmit nem tudnék kezdeni. Szolgák lesznek. Egész Titánia nekem fogja szolgálni a tudását.

– De olvasztárom. Titániában nincsenek szolgák és urak. Mindenki teszi a dolgát, jól.

– Azt beszélik. Hát, ennek vége lesz. Mondtam, amit mondtam. Titánia népe nekem fogja szolgálni tudását, és cserébe annyit kapnak vissza, hogy továbbra is tehetik, amit eddig csináltak. Végezhetik a dolgukat, jól. Nekem.

– Értem, Mr. Olvasztár, a vasak ura.

Azzal másnap tényleg elkezdődött. A fém szívű elküldte tervét, hogy kiteljesedjék az, mi majd őt boldoggá teszi.

Ekkor, onnan vége lett a harmóniának, melyet LG-vel tölthetett Nymphaea a szőttes kelméjében. A drótos minden számító, aljas népességet megkeresett, ahogy azt a fémek ura kérte tőle. Busás haszonnal kecsegtetve őket, Titánia ellen hangolva az érzéketlen söpredéket. Sorakoztak is az élvezetes vagyonszerzésre az aláírók. Titánia vagyonának részéért. A drótos jól sáfárkodott ajánlatával. Minden tájegység vezérét a fém szívűhöz küldte. Északról Szikrát. Délről Vasban Fortyogót. Keletről Olvadáspontot. Nyugatról Rozsdát. És azok hordái mentek is. Sorakozott a csőcselék Titánia ellen hangolva a fém szívű meghívására. Ezek mintha nem is születtek volna. Voltak csupán. Szívük rideg vasból volt, mint a fém szívűé. Reggelire minősíthetetlen égetett szeszt ittak. Poharaikat fogukkal törték, hogy egymásnak bizonygassák keménységüket. Érzéketlenül, öklükkel püföltek betont vagy járókövet, csatornát, vagy bármit. Hátat fordítottak a normális világnak. A világnak, mely szerette és befogadta volna őket, ha ők nem ellenkeztek volna. De tették. Úgy döntöttek, ők nem akarnak az angyalok kegyeltjei maradni. Elfordultak a szépséges harmóniától. A fém szívű verbuvált, meghívott vendégei, annak nagy vaskapuja előtt gyülekeztek. Tiszteletükre az olvasztár minden kohóját munkára fogta. Azok büdös, fekete pernyét eregetve a levegőbe jelezték: dolgoznak. Visszhangzott a környék a trágárság minden szavától. Szürke hamu borította arcukat, mit élveztek. Ujjukkal rajzolgatni kezdtek egymásra. Izzadó testükre pokoli figurákat. Az írástudók még szlogeneket is képesek voltak irkálni. Egyikük így ordított:

– Itt van Titánia! Mire várunk? Nymphaea! – ordították fennhangon, azt ismételve folyamatosan. Egy a tömegből elkiáltotta magát:

– Nymphaea az enyém!

Erre hirtelen csend lett. Morajló zúgolódás kerekedett. Aztán valaki visszakérdezett a tömegből.

– Miért pont a tiéd?!

– Mert a tiéd Titánia kancellárja. Az való neked – röhögött a bekiabáló hangjára a társaság. Ennél, de kellett több. Ütni-vágni kezdték egymást, hogy végül is kié legyen Nymphaea. A csetepaténak végül a fémes vaskapujának hangos, csikorgó csattanása vetett véget. A drótos lépett ki rajta. Mikor a tömeg meglátta őt, ismét nagy röhögés tört ki. A drótos csendre intette őket, mondván, hogy vezéreik lassan érkeznek. Senki nem foglalkozott ezzel. Elkezdték ide-oda lökdösni szegény drótost. Kézről-kézre, egymás között hangos zsivajjal, obszcén szavak közepette. Szinte lincseléssé fajult az esemény, mire egyszer csak a dühöngés egyre halkabbra mérséklődött. Egyesek a másik vállát veregették, mutogatva a vaskapu felé. Mások elfutottak, vagy társuk válla mögé bújtak. Aztán hirtelen néma csend lett. A vaskapu előtt a fém szívű állt, fél szemével méregetve a csőcseléket. Egyik kezében egy lángszórót tartott. A másikban egy kanna benzint. Hátára egy nagy gázpalack volt erősítve. Kitört magából, és így ordított:

– Ki akar megdögleni a pokol tüzében!?

De nem jött válasz. A drótos odaállt a fém szívű mellé, mikor az úton haladó járművek fényeit pillantotta meg. Bizony, a csőcselék vezérei voltak. Érkeztek a meghívásra. Északról Szikra. Keletről Olvadáspont. Délről Vasban Fortyogó. Nyugatról Rozsda. A tömeg utat engedett a fémes vendégeinek. Már nem volt kedvük ordibálni.

– Új vendégeink érkeznek! – kiáltott a fém szívű, s így folytatta.

– Benneteket, Titánia-foglalók, a drótos fog asztalaitokhoz kísérni. Ha valaki beszól neki, vagy nem azt csinálja, amit mond, annak kiégetem a szemeit! – majd lángszóróját magasabb nyomáson égette néhány percig, és folytatta beszédjét: – Akinek nem tetszik, az most menjen haza. A díszvendégeimről majd én gondoskodom személyesen – zárta le a szót. A vaskapu elé ért a díszvendégek konvoja, s ott megállt. Utasai kiszállva azokból üdvözölték a fém szívűt. Egyikük megkérdezte.

– Mi az a hátadon, fémes? A kezedben lángszóró. Mi folyik itt?

A fémes lenézett rá, majd azt mormogta:

– Ez csupán az ünnepi megnyitó látványkelléke – magyarázkodott.

– Értem. Tényleg nagyon látványos, és hatékony is, ha nem tévedek – vigyorgott a cimbora.

– Bizony, az. De térjünk az üzletre. Aztán ha lesz mit ünnepelni, fogunk tele hassal. A legjobb szakács készítette étkekből.

– A legjobb? – kérdezte Szikra.

– A legjobb – vigyorgott a fémes.

– Én úgy hallottam, hogy a legjobb szakács Titániában van – fűzte hozzá Vasban Fortyogó.

– Már nincs. Nekünk szolgál – válaszolt a fémes.

– Felbérelted? – kérdezte Olvadáspont.

– Nem volt rá idő. Pár vasagyút béreltem fel – mondta.

– Elraboltad, és akarata ellenére ide kényszerítetted – hümmögött Rozsda.

– Kell a vacsora, és ahhoz a legjobb szakács – húzta a száját a fémes.

– Hogy hívják a szakácsot? – kérdezte Olvadáspont.

– William. Villának becézik Titániában. Bár szerintem itt az új neve Vasvilla lesz. Vele kezdődött el Titánia beolvasztása. Ez a kezdet.

Ezzel megnyitották a pokoli együttműködés buliját, jót röhögve. Annak gyorsan híre szaladt, mert bizony köpönyegforgatók is voltak ott. Hol máshol, ha nem a gazember osztozkodók között? Így eljutott a hír Titániába. Bár észre is vették, hisz' nem volt vacsora. Sem reggeli, sem semmi. Titánia népe érezte a veszélyt. Nymphaea számára világossá vált a hadüzenet, de nem tudta még, hogy mi lesz a végkimenetele. Hisz' a teljes győzelmet csak LG White lordsága alatt tudják kivívni. Kétségtelen, hogy ez a harc még nincs befejezve. Ezért LG-től kért egy második részt.

Ezt a könyvet édesanyám emlékére készítettem el. Megígértem neki.

Fehér L. Géza, szerző

A kiadó

Aki feladja, hogy jobbá váljon, feladta, hogy jobb legyen!

E mottó alapján a novum publishing kiadó célja az új kéziratok felkutatása, megjelentetése, és szerzőik hosszútávú segítése. Az 1997-ben alapított, többszörösen kitüntetett kiadó az egyik legjelentősebb, újdonsült szerzőkre specializálódott kiadónak számít többek között Ausztriában, Németországban és Svájcban.

Valamennyi új kézirat rövid időn belül egy ingyenes, kötelezettségek nélküli kiadói véleményezésen esik át.

További információkat a kiadóról és a könyvekről az alábbi oldalon talál:

www.novumpublishing.hu